江南风流

王晓明 —— 著

中国书籍出版社
China Book Press

图书在版编目（CIP）数据

江南风流 / 王晓明著 . -- 北京：中国书籍出版社，2022.7

ISBN 978-7-5068-9093-9

Ⅰ.①江… Ⅱ.①王… Ⅲ.①散文集-中国-当代 Ⅳ.①I267

中国版本图书馆 CIP 数据核字 (2022) 第 122152 号

江南风流

王晓明　著

图书策划	武　斌
责任编辑	成晓春
责任印制	孙马飞　马　芝
出版发行	中国书籍出版社
地　　址	北京市丰台区三路居路 97 号（邮编：100073）
电　　话	（010）52257143（总编室）（010）52257140（发行部）
电子邮箱	eo@chinabp.com.cn
经　　销	全国新华书店
印　　刷	三河市华东印刷有限公司
开　　本	880 毫米 ×1230 毫米　1/32
字　　数	165 千字
印　　张	7.75
版　　次	2022 年 9 月第 1 版
印　　次	2022 年 9 月第 1 次印刷
书　　号	ISBN 978-7-5068-9093-9
定　　价	48.00 元

版权所有　翻印必究

目录
CONTENTS

城西之望　　　　001

醉尉街　　　　　015

虚廊之旷　　　　032

半野堂　　　　　052

江南气象　　　　066

一个家族的背影　088

屏外春江多少路　105

寻迹黄宗仰　　　138

陌上相思　　　　148

麦香时节　　　　162

三槐堂遥想　　　172

我家的上海情结　　178

四丈湾 176 号　　198

后　记　　242

城西之望

在中国的古代园林中，明隆庆五年（1751年）进士、万历年监察御史常熟人钱岱（1541年—1622年）四十四岁辞官归里后所筑于常熟城西的"小辋川"，因借山得景，效仿唐代王维之陕西终南山蓝田"辋川别业"诸景所设，而成为江南园林中别具匠心的名园。它的整体规模，如果不是因为被时光湮没、战火毁灭，那在如今现存的江南园林中，无论是在形制布局、造园艺术、建筑风格等方面，也会占有重要的一席之地。

一

常熟城建的历史，自宋代以后渐成规模并逐步走向繁荣。明代的城市格局，已经具备了城市山林的形态，成为江南百姓城市生活的安居乐地。据民国六年（1917年）开始重修，历时三十年而成的常熟县志《常昭合志》所载，仅明朝一代，常熟官家富户的深宅大院就有141户，私家园林有43个。大的园林有几十亩上百亩之广，小的仅为半亩。"七溪流水皆通海，十里青山半入城"是明代诗人沈玄对当时城市风景的写照。

常熟城西这个地方，明嘉靖年修整的城墙依山而下，绕水而围，护城河及天然水系分隔了城内城外的天地。如果没有五十年代的全面拆除，具有三千七百年城建历史的江南古城常熟，其绵亘山巅，蜿蜒而下，环城而筑的明代城墙，也应该成为江南旅游风景的亮点。它周长十多里，高数丈，城头上可并列十多个壮士。城堞高耸，气势森然。它的功效并非只是防内贼强盗，还担负着抵御从长江边上来经常侵扰百姓的外敌倭寇侵略者。明嘉靖常熟知县王鈇（fū）就是率众出城追击倭寇而遭伏击战死的。后来，城墙被拆除改造成了马路，人们把它唤作环城马路。地图上清晰地标识为"环城东路""环城南路""环城西路""环城北路"。2010年的城市建设时，昔日钱岱"小辋川"门前那一段民宅被拆除，在居民家里的夹墙内，露出了数十米长厚厚的残存明城墙。幸亏被热心网友发帖呼号，才被文管城建部门保存了小小的一段。

大明万历十三年（1585年），四十四岁时任山东巡抚的钱岱辞官回到常熟。旧时的官员对官场的迷恋似乎比较淡薄，人生的态度流于从容和享受。如陶渊明四十一岁即采菊东篱，寄情山水；李白不忍官场险恶，"仰天长啸出门去，我辈岂是蓬蒿人"。当了十四年朝廷命官的钱岱，带足了俸禄银子，辞职归里。他在早已购下的虞山脚下城墙之内的城西那块被称作"九万圩"的数百亩农田区域，增造华屋，分设庭院，广凿鱼池，遍植佳木……命其为"四顺堂"，分别为"百顺""豫顺""聚顺""其顺"，前后相望，规模之大，豪华程度非今日所见。据史载，仅百顺堂，"连房洞闼几及四百余间"。各堂大门前，浚荷池假山，夏日里绿云纷披，荷香数里。如今虽沧海桑田、宅第湮没，但"荷香馆"的地名仍在，依然显示着那里曾经的光辉华丽。而在宅第的西南面广袤的范围内，钱岱取唐代诗人王维终南山辋川别业二十景之十三景，造成了冠绝一时的山水园林"小辋川"。他把就近的像卧牛一样的虞山风光引入园内，集江南造园艺术于一园，借景设景，以台、阁、亭、榭、池、河、楼为胜，以花、木、竹、荷、石、岗、田畴阡陌为掇，命其为"竹里馆""槐陌""拟欹湖""栾濑""临湖阁""白石滩""华子岗""孟城分胜""柳浪""椒园""木兰砦""文杏馆""金屑亭"等。宽广的区域，宏大的造园规模，前后历经二十年才全部建成。追寻苏州园林的形制，"小辋川"似乎能和"拙政园"相匹敌。钱岱被时人称作"钱半城"。

据明代文学家、戏剧家屠隆《小辋川记》记载，"小辋川者，海虞钱秀峰先生所构也。先生园居绝类王右丞蓝田辋川，而又雅慕右丞之为人，以故一切台阁亭榭悉颜以辋川诸胜，遂以名其园。先生居在邑城西，居之前有池四绕，池之外有田，宜荷笠扶犁。田外有河，宜垂纶荡桨。河外有城，百雉环拱，平畴多秀，柴门稻香，夜浦渔灯，春流帆影，村童牧唱，渔人菱歌，游女轻衫，王孙俊骑……山川之映带，林木之青葱，胜擅一邑……"一幅江南水乡千年古城内的私家园林美景，在屠才子笔下徐徐舒卷。在园中的那座最高楼"聚远楼"中，壁上绘制着王维辋川二十景。楼东的长廊内，镌刻着当时的书法名家、云间孙克弘所书的王维辋川二十咏诗作。翻阅史料，"小辋川"的区域范围，即在今常熟东起书院街、西至赵园临水长廊，南起九万圩、北达山塘泾岸之间。这一区域，在光绪八年绘制的"常昭县城图"中，占据了整个城区的十分之一还多。

二

有明一朝，自朱元璋推翻元朝统一全国建都南京，江南地区成为全国的政治、经济中心。明成祖朱棣于永乐十九年（1421年）离开南京，迁都北京后，南京作为留都，地位依然十分重要。特别是1441年在英宗正统六年，把中央政府分为北、南两京制度后，保证了江南地区政治地位的稳定和经济的发展。江南地区有全国最发达的农业、手工业、商业，以及繁荣的内外贸易，它成为支撑明王朝的财富之源。苏州地区作为江南的经济重镇，明代中叶后，社会经济有了更健康的发展，经济基础稳固，城市形态更加完备。"君到姑苏见，人家尽枕河"的景象早在唐代诗人杜荀鹤时，就已经对苏州城市作了如是的描述。作为苏州地区的重要古城常熟，到了明代中期，也充分具备了城市生活的完整机制。城中民居，以琴川七弦为辐射，粉墙黛瓦，清波留影。街道里巷，构建如网。嘉靖三十二年（1553年），知县王鈇率众在元代张士诚统兵据城时修建的虞山城墙基础上，重建常熟城，设城门七座，巍巍乎成为长江下游除苏州城以外的完备城市，也成为长江下游地区唯一的城内山林城市。

明代常熟城市的发展，当和地方经济有关。常熟地处长江三角洲平原，境内水网交织、湖泊众多，这给农业的发达带来了先决条件。水稻、小麦、蔬菜、瓜果、鱼虾水产等岁岁丰收。特别是棉花自元代引入种植后，由此衍生出来的纺织业和相关的商业活动，使经济结构有了改观。"苏常熟，天下足"，史载明洪武年间，常熟一地就可年征米40万石，即已成为当时的全国"财神县"。现在，常熟在全国县域经济总量的历年评比中一直名列前几甲，这和历史上的地利天时人和的社会大环境是一脉相承分不开的。江南水乡常熟的富足，造就了社会的稳定和学风的蔚然。通过参加科举考试而鱼跃龙门光宗耀祖，是百姓人生目标的追求。因此，历代才俊辈出。自唐至清，中进士的有485名，其中状元8名，榜眼4名，探花5名，而这些大都出在明清两代。封建时代，一旦出人头地、高官厚禄，就意味着财富的到来。除了俸禄，做得好还有赏钱赏地赏金银珠宝等。那时，还不以经商为习。有了钱，就置业，就买房买地，就像现在有头脑的富裕人买沿街门面、买别墅楼盘古董一样。他们一旦出租或转手买卖，财源自是滚滚而来。钱岱自大明隆庆五年（1571年）中进士后，一路仕途坦荡，并成为权倾朝野的当朝宰相张居正的门人，历任广州理刑、监察御史，并巡按湖广山东，财富的聚集当然不在话下。钱岱活到八十二岁，他在四十四岁即辞官归里，这在今人看来是不可理解的。但钱御史见好就收，懂得人生享受，过起了四十年的"慢生活"。

三

中国的私家园林，大概从隋唐时代才真正形成规模，而造园艺术的讲究，却和绘画艺术的成熟是密不可分的。明代是江南园林的大发展时期，在这一时期，由于一大批书画家的潜心创作画坛精彩纷呈。特别是博学多才的在野文人狂放不羁的生命状态，给山水画的发展做出了贡献。以沈周、文徵明、唐伯虎、仇英为代表的吴门画派，重视画家的性情抒发，和对自然造化的寓意即兴描述，也为造园艺术提供了范本，有的画家甚至参与了园林的设计和制作。那一时期所造的园林，苏州有拙政园、西园，常熟有小辋川、秀野园等等。据《苏州历代园林录》（魏嘉瓒编著）不完全统计，明代整个苏州地区有大小园林258个，所以，常熟钱岱的小辋川和苏州园林在造园艺术上是一脉相承的。作为大明进士的钱岱，并不是等闲之辈。封建士大夫所具备的优良品质，他也具有，学富五车，熟读经史，有较高的艺术鉴赏力。他所交往的圈子必定很广。现在，我们无法考证他和多少文人墨客交往甚密，但从点滴的记载中可以看出，他和万历五年进士、同在京城当过吏部郎中的文学家、戏曲家屠隆常有往来，并共有戏曲爱好。钱岱作为万历皇帝红人张居正手下的门人，与张的亲近也理所当然，关系自然非同一般，更不要说和后来的当朝宰相申时行的情趣相投了。他和申时行同属苏州府，既是同乡，又有同好。他们都喜欢昆曲并为此痴狂。申时行于万历十九年（1591年）告老还乡，回到苏州景德路上那座在唐末吴越王建造的金谷园基础上建造的申家大府中，广蓄声伎，遍征梨园，成立了家庭昆曲戏班。申氏家班的演出水平，被誉为"所习梨园为江南称首"。

昆曲自元末明初在昆山产生并形成后，到了明代中叶，经过魏良辅等人的革新创造，面目一新，成为明中晚期广为流传的戏曲。它的表演形式，经过生旦净末的演唱、歌舞及笛、管、笙、琵琶等的伴奏，给人以完美的艺术享受。它的流行速度十分迅速，从昆山而苏浙，由江南至全国。特别是传入京城受到万历皇帝、宫廷皇室喜爱后，昆曲的地位稳固于中国戏剧之首。而家庭昆班也成为江南地区官宦、大户人家配备的娱乐消遣设施。在林林总总的私家班中，苏州申时行家的申班演出的《鲛绡记》最为有名。当时苏州城里流行着一句话，叫"范祝发，申鲛绡"，说的是城里最有名的两出戏——范仲淹子孙范常白家班演的《祝发记》和申时行家班演出的《鲛绡记》。同是昆曲痴迷者，辞官归隐后的常熟钱岱与同样辞官归隐的申时行当然不会没有联系。

常熟到苏州，旧时是船路。唐代元和年间开凿的元和塘，从常熟古城琴川河水系一路南行直达苏州。坐船半日，即可抵达。看戏听戏的享受当然是最华丽的盛典。在如今环秀山庄那一大片申府的幽深庭院内，管弦的清越和嗓音的婉转伴着诗酒的人生，成为主人游园赏曲悠闲的生活方式。那个叫沈娘娘的女班教师，把一部《鲛绡记》演绎得名震四方，以致在申相国享受荣华富贵，以八十岁高龄去世后，钱岱把年已六十依然歌喉一出，音节嘹亮的沈娘娘接到了常熟钱府小辋川，授教女班，使梨园新声尽日回响于虞山西城脚下。

四

寻找钱岱前后营造了二十年才成的"小辋川"蛛丝马迹，我们依稀可以见到大概轮廓。石岗古树还在，曲水流觞依旧。梅泉志胜，湖石重叠，竹影轻曳藏深馆，临湖楼阁迎山色。辉煌的、奢华的、婉约的、广袤的、散淡的、幽深的。集自然风光、造园艺术、居住文化和江南士族富贵生活风俗百态于一体的这座明代江南园林"小辋川"，终于在1622年随着主人钱岱的离世而逐渐分割、荒芜、湮没了。这一年，是万历皇帝驾崩后的第二年，中国社会也从此进入了明末的大动乱时期。园林的兴废和社会的安定与否紧密相连。

自钱岱后，在四百多年的小辋川遗址上，分别出现过许多大小不一的私家园林，但随着社会的动荡、朝代的更迭、家族的兴衰、战火的损毁，大都已成为过眼烟云，了无痕迹。嘉庆道光时，常熟吴峻基在"小辋川"的遗址上，建过"水吾园"，但它在同治十年（1871年）太平天国李秀成部与曾国藩清兵的战乱中被毁了。同治年间的直隶知府赵烈文退养常熟时，又在荒废的"水吾园"遗址上修建了"赵园"。同治光绪年间，常熟曾朴之父曾之撰买下昔日"小辋川"另外一部分遗址，修筑了"曾园"。即便如此，这两座清代园林在进入二十世纪五十年代以后，也被苏州师范学校占用了四十多年，园内房屋建筑大都被拆除。直到九十年代末，才重归当地政府，由园林部门规划重建，并取赵烈文、曾之撰之姓命名为"曾赵园"。而"小辋川"的另外一部分遗址，经光绪年间江西、浙江布政使翁曾桂疏理建造成了翁家花园"之园"。但也历经抗日战火，画栋雕梁尽毁。二十世纪九十年代重修后，如今曲水围廊板桥斜横古木掩映，成"曾赵园"附近第一人民医院内一道亮丽的风景。

走进如今的"曾赵园"，有一棵钱岱从海南移来手植的红豆树，它依然冠盖如云，枝繁叶茂。它每几十年结一次的红豆，粒粒红艳如血。唐代诗人王维有诗云："红豆生南国，春来发几枝。愿君多采撷，此物最相思。"每一次，当我迈进这座在明代小辋川遗址上所建的园林，看到这棵高大的红豆树时，就会勾起我对古人古迹的追怀。"良辰美景奈何天，赏心乐事谁家院。"和钱岱同时代汤显祖《牡丹亭》中的这句唱词,曾经在这里百转千回,沉醉过多少王公贵孙。但如今这里却断井颓垣,成雨丝风片。那时的钱岱,在他营造的这座美丽的豪宅庭院内,让沈娘娘教会了十三个年龄都在十二岁左右的女童,檀板清歌,管弦竞响,上演着十出昆曲戏目。《琵琶记》《荆钗记》《浣纱记》《西厢记》《牡丹亭》等,在"百顺堂"高屋内演出,可谓"舞低杨柳楼心月,歌尽桃花扇底风"。崔莺莺和张生,杜丽娘和柳梦梅……这些舞台形象,给主人以及他的友人乡人眷属于无限的畅想,钱家班的声誉也由此名扬四方,成为中国昆曲历史上的一个亮点。

可以想见,在虞山城西,黑瓦粉墙的楼屋连绵直达城边。参差楼榭,户户相连。曲园池台,高馆重檐。间有绿水护田、阡陌交错、高树掩映、荷香十里。当华灯初放,钱府独挑千户,光映山脚城角。那些训练有素的女童伶人,就着这水榭花亭和高屋,衣袂纷然,美目流盼,歌喉婉转。或巧笑倩兮,或愁肠百结;或低头弄粉,或莲步轻移。钱家班的热闹伴着主人的优雅和闲适,成为常熟城里无人可比的人生奢华享受。

追寻钱岱归隐后的人生轨迹,用现在的话来说似乎是颓废的。作为进士,尽管他有《两晋》《南北史合纂》之类文集遗存,但从四十四岁归里,到八十二岁去世的近四十年生命过程中,他大都浪掷光阴,没有多少文笔建树。这和小他四十一岁的隔房兄弟、万历进士大学士钱谦益文宗东南的声誉相比,相差远矣!

钱岱所处人生中晚期的明代社会，王朝内部官场倾轧，万历帝虽勉力勤政，但偏听偏信，对张居正渐生疑虑。特别是张居正在万历十年（1582年）五十七岁病逝后，朝廷内以往受张居正打压或严政相待的皇亲国戚纷纷上奏，列举了张的罪状。最终使万历帝在万历十二年（1584年），先是把张居正三个儿子削去官职、撤销了张居正太师头衔，后又对他进行了彻底清算。没收全部家产，并把张居正的弟弟和两个儿子（大儿子早已被迫自缢身亡）送到了烟瘴之地充军。

看到张居正的身后境遇，目击被张居正提拔任用的一大批同僚有的革职、有的遣散的下场，作为张居正门人的钱岱，肯定感到了官场的险恶无定和政治的黑暗。于是，在万历十三年（1585年），做出了辞去监察御史职务的决定，并获得恩准。回乡途中，一路上地方官员迎送有加，送礼无数。据记载，在途经扬州时，众人所送的礼单中，仅纹银就有六千两。旧时官吏间的礼尚往来十分正常，下级礼送上级也是普遍现象。有一句对清代官员的描述："一年清知府，十万雪花银。"而这些银子的来路都并非来自俸禄。所以，封建时代，升官即发财。当时的钱岱，理所当然心安理得地笑纳了。更有扬州关监税徐太监送乐女四人。或许，徐太监之举，促使了钱岱回乡后，在已经颇具规模的钱家大宅内，置备私家昆班女乐尽享余年。深深庭院阻断了京师的烦恼，江南的小桥流水、杨柳堆烟、青山斜角、画栋雕梁，在徐徐舒展的昆曲里，成为人生中最美的享受。昆曲由于钱岱和他的同道们的追捧，也成了明时的一道娱乐风景线。汤显祖、屠隆等文学家的参与写作，无数伶人名角的演绎，最终使昆曲成为国粹和百戏之祖。

五

钱岱为什么要把他的家园命名为"小辋川"呢？这当然受唐代大诗人王维辋川别业的影响。

王维（701年—761年），二十一岁进士及第，官至尚书右丞（相当于今副总理）。辋川，是陕西监田西南秦岭北麓的一条川道，因山川水系如马车的车辋而名。

唐开元十六年（728年），王维购得三十年前（一说五十年）初唐诗人宋之问的"蓝田山庄"遗址，他以画家的眼光，诗人的理念，在飞云山下重新规划设计，历经二十年，建造了奉养他母亲的庄园"辋川别业"。王维时代的唐代，士大夫亦官亦隐的生活十分普遍。作为离长安60多里的终南山辋川内，就有许多名人庄园，如裴迪、王维的弟弟王缙以及崔兴宗的庄园等。生活在青山绿水间的王维悠闲自得，他营造的庄园，可以通过他的传世名作《辋川图》而窥其一斑。背靠飞云山，面临辋川水。山上白云、水上行舟，林木深广、川流横绝。在绵延二十里的范围内，有绝色风景十多处。如王维诗中描写的华子岗、孟城坳、斤竹岭、欹湖、栾家濑、白石滩等。也有他建造的鹿柴、漆园、椒园、临湖亭、文杏馆等。可以想见，悠于林泉二十年直至终老的王维，生活在远离长安的这个清静之地是何等闲适！作诗、绘画、弹琴、会友成为他日常生活的乐趣。他和好友裴迪的同题诗《辋川集》，是中国山水诗高度成熟的标志，把山水田园的明净透逸表现得淋漓尽致。"行到水穷处，坐看云起时"，这是对他居住环境的描写。"空山不见人，但闻人语响"，这是人与自然的观照。"轻舸迎上客，悠悠湖上来"，这是朋友间的交往。"独坐幽篁里，弹琴复长啸"，这是悠然自乐的状态……一个自由自在的王维以及他描述的辋川隐逸仙境，自然让六百年后的远在万里之遥的江南进士钱岱心向往之。那时的钱进士不像今天的我们行走方便去实地考察，他只能从流传的诗篇和王维的《辋川图》中汲取建造园林的灵感。王维以大山川作背景，开创了中国文人造园艺术的先河。他的辋川别业是开放式的，是自然山水之间散淡的诗篇。钱岱不然，他的别墅是封闭的，高墙内的天地自是不可和王维以大自然的融合相比，所以他只能在他的钱府庭院加了个"小"字，谓作"小辋川"。

我曾于今年五月一个偶然的机会独往陕西蓝田终南山辋川，寻访唐代大诗人王维隐居的踪迹。除了山川依旧，漆园、椒园等已是片片农田。山川内流水若溪，绕行在山谷间。那棵王维手植历经了一千二百年高大的银杏树，枝繁叶茂显示出了时光的印记和生命的顽强。我站在银杏前旧时王维垂钓处的巨石边，望着眼前这个深谷，任细雨淋湿了我的衣衫。

曾经盛极一时，拥有"钱半城"之广的江南胜景"小辋川"，最终还是在钱岱身后湮灭了。我们对辋川或者是小辋川的怀念，也只是在对历史的追怀中泛起一点涟漪而已，辋川的山林别业之胜和小辋川的高屋园林之美已成为我们梦的衣裳。

醉尉街

——唐代大书法家张旭记略

一个城市街巷的名称，往往都张扬着这个城市的个性，并映照出它的历史文化背景。苏州以2500多年的城市积淀，让无数条街巷辐射出江南古城浓郁的地域特色，其名称的命名和历史沿用，一看就让人产生无限畅想，诸如，三元坊、史家巷、相王弄、学士街，等等。唐代的时候，苏州还不叫苏州，称吴郡。它还管辖七县，即吴县、长洲县、嘉兴县、昆山县、常熟县、华亭县、海盐县，号称大唐的"雄郡"。由于受吴文化的影响，郡县之间的文化背景、风俗习惯也都大致相同。同样，也影响到了对道路名称命名。而同属历史文化名城、有着1700多年城建历史的常熟，所受的影响更广。"醉尉街"就是常熟城内一条同样能引申出许多故事的文化历史老街。

所谓"醉尉"者，即唐代开元年间在常熟任县尉的苏州

才子、大书法家张旭是也!

一

张旭,字伯高、季明,吴郡(苏州)人,家中排行第九,生于武则天当政初年(685年),卒于唐肃宗乾元二年(759年)。对张旭的生卒年代,史家有675年—750年等之说,但经学者多方考证研究,不实。武则天时代的大唐社会,社会稳定,政治文化环境宽松,城市百姓安居乐业。经过从吴王阖闾开始的城建,张旭出生时的吴郡,已具相当规模,江南发达的农业和手工业、商业、桑蚕种植业、渔业等,让苏州的百姓过着比较安逸的生活。士族阶层更是学风蔚然,传道、授业、解惑成为修身之必须。张旭出生于苏州一个名门望族。母亲陆氏,是初唐四家之一虞世南的外孙女,也是初唐著名书法家陆柬之的侄女。陆氏家族世代以书法名世,可以想见,出生在这样一个家庭环境的张旭,自然从小受到翰墨书香的熏陶,习字练句,诗书相伴。他的书法是经过其母亲的启蒙,后在舅舅陆彦远的具体传授下逐步走向成熟的。

据《新唐书》卷二记载,张旭"性嗜酒……初仕为常熟尉"。据天津师范大学人文学院教授阮堂明先生查证:开元二十三年(735年)的秋天,张旭还在常熟县尉任上,其年纪大约五十岁。开元二十四年(736年),张旭应由时任太子侍读、太子宾客、礼部侍郎及集贤院学士的贺知章举荐调任京师，任太子左率府长史。在常熟时的张旭，其书法成就已经名传天下，诗歌上的声名也广为传播，与贺知章、张若虚、包融在开元初年（713年）就被称为"吴中四士"。开元初年的张旭时年二十八岁左右。史料上无法查证张旭何时离开苏州出任常熟县尉，但可以推测，他在常熟驻留的时间是比较长的，是举家而迁到常熟做官并生活。据《江苏常熟张氏支谱：不分卷（始祖：唐·张旭）》，以及《张氏大宗谱二十六卷，附十四卷（无锡）》，和江阴《亭子港张氏宗谱（草圣堂）》等中显示，张旭离开常熟以后，其后代依然世居在常熟。到了南宋，有一部分从常熟迁居到无锡、江阴、松江等地而居，子孙聚族，繁衍生息。由此推断，张旭从初任常熟尉到离任，任职、生活在常熟的时间应该有十年以上，并子孙满堂。

二

常熟自西晋太康四年（283年）建海虞县，梁大同六年（540年）改称常熟县后，政区名称一直沿用至今。

唐代开元年间的常熟，县城早已有一定规模。县治自唐高祖李渊武德七年（624年），从南沙城（今福山）移至海虞城（今常熟古城区），至开元中期张旭赴任常熟时，已有九十年左右。据唐代陆广微撰的《吴地记》记载："常熟县

在郡北一百里……，北一百九十步有孔子弟子言偃宅，中有圣井，阔三尺，深十丈，傍有盟，盟北百步有浣纱石，可方四丈。县北二里有海隅山，仲雍、周章并葬山东岭上……管乡二十四，户一万三千八百二十。"又记："常熟县境，东西九十里，南北一百里。"根据史料及当代在古城区挖掘出的汉唐时代古井、街坊，和现存的穿城而过的唐代琴川河水系等考证，张旭时的常熟城已经成为长江边的一座初具规模的小城。它筑土为城，城内居民在张县尉的治安管理下安居乐业。社会的太平，让张旭这个九品小官也相安无事，天天与酒为友，以书为乐。靠着他的俸禄和书法上的名声，张旭不愁钱使。城中的酒肆常常有他的身影，或与友相呼，举杯共乐，或任情独酌，提笔挥毫。每当酒酣，他迈着歪斜的步履回家，长发披肩，癫狂有加，街坊相笑，伊人独乐。在那交叉巷陌中，有一条长街宽不过丈余，中间有个院落就是他的家。因他整日醉态朦胧，无视而过，后来，百姓就把古城的这条小街形象地叫作了"醉尉街"，名称一直沿用至今。而张旭宅后的那方池塘，因被他日日洗砚而叫作"洗砚池"。

那天是个仲春之日，我独步前往常熟古城区方塔苑北侧，寻访醉尉街及洗砚池。踏进这条曲尺似的小街，江南古城释放出的底气，在众多的古代建筑中如静开之莲，它的馨香悄然地弥漫在这个城市的空间。粉墙黛瓦的建筑，流散着晚清和民国的余韵。在一处有文物保护标志的建筑前，我听一个八十三岁的老汉还有一个九十三岁的老妇讲述。这就是"张长史"当年的居住地，临街的门里进去是两进的老宅，第一进后面有个院子，一口古井、数畦绿菜、几棵老树。一个厢房连着一排坐北朝南的五开间房屋，破旧、败落、荒凉。里面住着一个裁缝和几个外地的打工者。屋后原来的洗砚池，在二十世纪七十年代初时被一个厂家填掉造了二层小楼，安置了工厂扩建时的拆迁户。老妇讲，刚解放时，这里是一家酒坊，整日酒香四溢。时光老人有时真的会无意中给人以巧合。想当年张旭爱酒如命，被杜甫誉为大唐的"饮中八仙"之一，他居住的这条街也被历代百姓唤作"醉尉街"。而酒坊的设立是巧合还是冥冥之中的安排？老妇讲，当年填池时，有块竖在池边的青石大碑，被六个壮汉扛着，运到不远处的装卸运输公司建房基地作了基石，用水泥浇灌在地基里了。史上曾记载这块石碑上书"草圣洗砚池"，为乾隆三十四年（1769年）由内阁学士邵齐熊所书。

张旭时期的常熟，山林疏朗，城池粗放。街巷里阙，市井繁荣。枕河人家，橹声不绝。在十里虞山上，商代宰相巫咸、商末勾吴国君仲雍（虞仲）、孔子弟子言子、第一代吴王周章等墓和各类庙宇、道观等成为城市的胜景。梁昭明太子的读书台，是林泉深处一方让人怀古思幽的好去处。破山寺杏墙高树，梵音磬声，潭影清溪，竹径幽深，成为饮誉江南的名胜。在张旭离开常熟赴京任职多年后，从江苏盱眙尉上辞职周游江南的诗人常建来到了常熟。他游览了唐时就已经

十分有名的南朝四百八十寺之一的破山寺，兴致勃勃，诗兴大发，写下了千古名诗《题破山寺后禅院》：

> 清晨入古寺，初日照高林。
> 曲径通幽处，禅房花木深。
> 山光悦鸟性，潭影空人心。
> 万籁此俱寂，但余钟磬音。

自常建后，破山兴福寺从此更加声名远扬，善男信女不绝。

作为以诗名享誉而获"吴中四士"的张旭，在常熟任上除了书法名扬天下，其诗歌一定也写过不少。但翻阅《全唐诗》及查寻张旭诗，存世仅六首。仔细阅读，我觉得基本上都是写常熟的。如他的《山中留客》，分明是把常熟虞山春天的山色意态、留人物景、诗人意绪呈现在我们的眼前：

> 山光物态弄春晖，莫为轻阴便拟归。
> 纵使晴明无雨色，入云深处亦沾衣。

而他的另一首诗《桃花溪》，有学者认为写的是陶潜的桃花源，我觉得不然。晋人陶渊明所书的桃花源是否存在尚无定论，即使有也不可能令张旭作实地游。而在虞山东侧，有一个叫"桃源涧"的地方，夹溪桃林成片。每当春日桃花盛开时，落花随溪水而下，跌宕流转。山色阴晴晦变，山下河流蜿蜒。板桥斜横，渔舟唱晚，美不胜收。张旭从县署走到桃源涧，也就半小时工夫。闲暇时候，当定然提壶邀友，常去静享清幽山色美景，更不要说融融春日桃花开时。于是，诗歌《桃花溪》便成为他传世的又一名篇，状物写景，闲云野鹤：

隐隐飞桥隔野烟，石矶西畔问渔船。
桃花尽日随流水，洞在清溪何处边。

纵观他的其他几首诗，《春游值雨》写江上云烟，《春草》写边城落日，海上分别，《清溪泛舟》写朋友间的浓情，诸如此类，无不是和常熟的地理环境相吻合呢！常熟县城离长江二十多里，天气晴朗时站在虞山上的"望海墩"可以看见如练之大江，因旧时常熟人把"江"和"海"混称。在常熟生活了数十年的县尉张旭，不可能不为了城防治安而去江边巡视。而且，当时的老县治之地福山城就在江边。常熟旧时为荒蛮之地，距离帝都长安十分遥远。地理位置上被称作边城亦在情理之中。合理的推算可以给我们带来无边的畅想，我们可以从张旭留存的诗歌中，领略到他潇洒悠闲的诗风中蕴藉着的江南灵气。

三

张旭时代距今已一千二百多年了，沧海桑田，城郭变迁，除了作为地名的"醉尉街""洗砚池"及残存的后代建筑，可以让人们依稀看到一些张旭的踪迹，其余的都难寻觅了。而他留在常熟的故事，如今依然成为史家和古城百姓津津乐道的话题。在唐代张固的《幽闲鼓吹》中，记载着一则张旭从老翁处受教的故事。时任县尉才十多天的张旭，遇到一个老翁来县衙告状，张旭依状写了判书，老翁接了判书，欢喜而去。过后，这个老翁每隔几天就又来递状纸，张旭觉得他都是为一些小事来扰乱公堂，便非常恼火，责备老翁吵扰衙门。老翁回答他说："我实在不是为了再来求判，而是看到你上次判书上的书法笔迹精妙，想多得些作为墨宝珍藏起来。"于是张旭释然，和老翁攀谈起来，得知老翁家有其先父的遗墨，当即让老翁拿来观览。张旭看到老翁先父的遗墨时惊呼："天下工书者也。"从此，张旭每日观摩，博采精妙，不久书艺大进。此则故事，在北宋欧阳修、宋祁所编的《新唐书·李白传》，及北宋朱长文所撰《吴郡图经续记》中都有记述。可见在唐宋时代，张旭和老翁的故事已经广为流传。

中国的书法艺术，从甲骨文、金文演变为大篆、小篆、隶书，定型于东汉、魏晋的草书、楷书、行书诸体，并逐步成熟，一路散发出中华文化独有的艺术魅力。

唐代书法艺术是晋代以后的又一书法艺术高峰，继初唐四家欧阳询、虞世南、褚遂良、薛稷后,到了张旭生活的唐玄宗时代,由于唐玄宗本人也爱好书法并喜欢诗歌,形成了唐代社会文化空前宽松和热烈的氛围。生活在常熟时期的张旭,其书法艺术已经日臻成熟,声名远播。他的"以头濡墨而书"的故事,让我们看到了酒后张旭的潇洒与狂放、艺术和人生。

在醉尉街上,张旭有一个邻居家境贫寒。他知道张旭性情慷慨,但不好意思说,就写信希望得到张旭的资助。张旭很同情邻人,便回信说,你只要说些信是张旭写的,要价可上百金。邻人依照他的话拿信到街上去卖,果然被抢购。

开元二十三年(735年)秋天,大唐诗人李颀从扬州一路来到常熟与张旭神会。李颀(690年—751年),四川东川人。他的诗以写边塞题材见长。他除了和张旭交往,还与王昌龄、高适、王维等关系密切,诗歌唱和。开元二十三年(735年),他进士及第在赴任河南新乡尉前,离开长安至江东游历。《赠张旭》就是李颀到常熟与张旭欢聚后写下的生动名篇。

张公性嗜酒,豁达无所营。皓首穷草隶,时称太湖精。
露顶居胡床,长叫三五声。兴来洒素壁,挥笔如流星。
下舍风萧条,寒草满户庭。问家何所有,生事如浮萍。
左手持蟹螯,右手执丹经。瞠目视宵汉,不知醉与醒。
诸宾且方坐,旭日临东城。荷叶裹江鱼,白瓯贮香粳。
微禄心不屑,放神于八纮。时人不识者,即是安期生。

我们可以透过李颀的诗歌，来领略生活在常熟时期张旭的任情任性、书酒人生、自在生活。"性嗜酒"是对张旭嗜好的记述，"穷草隶"是对张旭书法声名早已远播的印证，并通过"兴来洒素壁""挥毫如流星"来告诉我们张旭兴之所至的洒脱。他的家庭环境不讲究，人生一壶酒，长叫三五声便是知足。他一边吃着常熟的阳澄湖大闸蟹，一边读着经书，悠闲的生命状态让人羡慕。他和远方来的朋友快意地喝酒神聊，不知东方之既白，太阳早已高高地照在常熟这个东方小城了。用江南随处可采的田田荷叶包裹而煮的长江鱼让人难忘，用江南大米烧成的香糯白米饭非常好吃。一个小小的县尉算什么呢！自在生活品自高，县尉张旭，每天可以喝得醉醺醺的，这也说明常熟这个地方的治安环境还是不错的。历史上，常熟作为吴文化的发祥地之一，商末先贤仲雍、泰伯让国来吴传播中原先进文化，又有孔子著名弟子"孔门十哲"的言偃在常熟家乡发扬光大儒家思想。百姓历来民风淳朴，忠厚守则。张旭在这样一个社会环境中守一方安宁，无案牍之劳形，自然是十分轻松的。于是，他有了更多的时间来研习书法，挥洒人生。现在，我们虽然没有找到他在常熟县尉任上和其他方家诗人交往的踪迹，但凭着盛唐社会诗歌和书法艺术的兴旺，诗人、书法家的社会地位高尚、被人们敬仰，张旭和吴中甚至大唐的诗人墨客之间的来往，除了李颀以外肯定还有很多人。

四

开元二十四年（736年），张旭由同为"吴中四士"并有着姻亲关系的贺知章举荐，离开常熟赴洛阳升任"太子左率府长史"一职。据《旧唐书·玄宗记》记载，唐玄宗自开元二十二年（734年）正月至二十四年（736年）十月在东都洛阳驻跸，朝廷各部自然也搬在洛阳办公。太子左率府长史这个职位比县尉高两级，从九品跃升为七品。不久，张旭又调任左率府金吾长史，官衔从七品升为六品。其实，凭张旭这种狂放的性格，官位高低并不在他眼里，做什么也不是很重要，关键是他在京城可以和大唐众多的诗人名家经常相见了。除了贺知章，李白、杜甫、高适、王之涣、苏涣、裴旻、吴道子，以及颜真卿、怀素等，都成为他诗书生活中的知音、朋友、学生。

唐代的长安作为当时世界上著名的大都会和文化交流中心，不仅在诗歌方面诗人辈出，高手林立，其他如书法、绘画、音乐、舞蹈等方面也呈一片繁荣景象。文学艺术之间的相互促进和影响，推进了盛唐文化的众芳争艳、繁荣发达。特别是诗歌与书法，代表了盛唐精神的欣欣向荣。在《新唐书·选举志》中记述了唐代官员挑选标准有四个条件："凡择人之法有四：一曰身，体貌丰伟；二曰言，言辞辩正；三曰书，楷法遒美；四曰判，文理优长。"可见书法在唐代挑选官员中的重要性。因此，唐代的士人，没有不擅长书法的。据史书记载，唐代的皇帝从唐太宗李世民到高宗李治，再到武则天、唐玄宗等都擅长并喜欢书法。上有所好，下必甚也，书法也就成为安身立命谋官的阶梯。作为以楷草名扬大唐的张旭，其艺术地位在当时达到巅峰状态，当然受到人们的疯狂追捧。他的楷书端正谨严，继承了前人的精髓。他的草书在王羲之、王献之的基础上创新发展，纵笔如兔，自由奔放。被晚唐时期的唐文宗（826年—840年在位）下诏书，以李白诗歌、裴旻剑舞、张旭草书为三绝。试想，一个人的艺术，由皇帝下诏钦定为绝，那是何等的荣耀，这也足以证明了张旭书法艺术的成就和魅力。明人解缙在《春雨杂述·学书传授》中讲到："旭传颜平原真卿、李翰林白、徐会稽浩。"可以了解到，除了颜真卿向张旭学书外，李白也曾拜张旭为师学习书法。有人从李白存世的《题上阳台贴》比对张旭的书法，其字体丰满，自然遒利的笔意一脉相传。当然，颜真卿、怀素两人向张旭学书的故事，更为史家传颂。据记载，颜真卿曾两度赴京师向张旭求教，拜师学习。经张旭点拨传授后潜心钻研，终成大家。这在颜真卿的《述张长史笔法十二意》中有生动的记述。而怀素的狂草更是青出于蓝，在老师张旭狂草书体上融入了自己的思想、理论和技法，达到了一个新的意境。因两人都性情豪放，嗜酒如命，被后人称之为"颠张醉素"。在盛唐这样一个社会繁荣稳定，百姓安居乐业，士族阶层精神和物质都很丰富的时代，张旭和他的志趣相投的同好们，自然是过着诗酒人生的美好生活。他和李白、贺知章、李适之、李进、崔宗之、苏晋、焦遂等常豪饮于长安市上、洛水之畔。无数精彩的华章，在他们似醉非醉似醒非醒的状态下喷薄而出。杜甫在《饮中八仙歌》中逐一歌颂，形象传神："张旭三杯草圣传，脱帽露顶王公前，挥毫落纸如云烟。"张旭艺术成就的取得是建立在他勤学苦练基础上的。想当初开元初年还未出仕生活在苏州时，他就北上河南安阳邺县，观公孙大娘舞剑，以获得书写草书的通感。而在常熟任县尉时那个陈牒求判的故事，也是他求书若渴的印证。待到京城时，他已经是书法大家了。张旭的一生尽管只做到"金吾长史"这样一个中下级官职，但他的生命状态一直是很好的。拿一份俸禄，公务之余交交友，吃吃酒，作作诗，写写字，卖卖字，甚至还教教弟子，帮些社会名流达官贵人写写墓志铭（有《严仁墓志》和《王之涣墓志》石刻传世）。生活过得有声有色，让即使是当代的我辈也十分艳羡。

高适在《醉后赠张九旭》诗中写道："床头一壶酒，能更几回眠。"酒对于张旭而言，并不是生命的麻醉剂，而是助推剂。纵观张旭从常熟县尉到金吾长史的三级任职的生命轨迹，张旭于酒如同是形影相随的兄弟知己。喝酒就是艺术的挥洒，喝酒就是灵感的源泉。"颠"和"狂"是他艺术性格的人生展现，它丝毫没有有些人说的怀才不遇。相反，大唐社会在张旭晚年经历了安史之乱以后，进入由盛而衰才是他的切身感受之痛。天宝十四年（755年）十一月初九，安禄山起兵反唐，仅用35天就攻占了大唐东都洛阳。自天宝五年

（746年）起，六十多岁的张旭退居洛阳，一直过着安定的生活。叛军来临之前，他和众人一起逃离了这个留下了他十多年美好生活的东都，从此再也没有回去过。唐肃宗至德元年（756年）春，为避安史之乱流落在江苏溧阳的张旭和李白相遇并相聚在溧阳的一家酒楼。此时的李白，也是因避安史之乱而从安徽宣城赴剡溪途中经过溧阳。老友异地相见，暂把离乱之苦搁一边，权且喝个痛快。酒可以让人颠让人狂，让人消去万古愁。想当年，李白斗酒诗百篇，长安市上酒家眠，张旭三杯落笔如云烟。真是任情适性，快意人生！然而，如今饮中八仙的酒已经不再，那泛着琥珀光的兰陵美酒，和飘着清香闪着竹叶般颜色的新丰美酒，都成为长安以及洛阳城内抖动的梦幻。在溧阳酒楼，李白感慨自己的际遇和对朝廷的忧愤，写下了新乐府体诗歌《猛虎行》并赠予张旭。诗中把安禄山叛军比喻成吃人的猛虎，反映了胡兵掳掠、国衰民亡的惨状。通过对张旭的才能和为人的赞颂，来表达对前程的寄托。他们的心境不可能再像以前京都时那样无虑和洒脱，"溧阳酒楼三月春，杨花茫茫愁杀人"。江南美丽春天的风景，此时也只觉得忧愁难遣，酒自然又成了给人排遣愁绪的东西了。三年后的唐肃宗乾元二年（759年），张旭离世，时年七十五岁。如今，我们已经无法考证张旭离开溧阳后去了哪里。作为一个七十多岁的老人，张旭因安史之乱而颠沛流离，溧阳离他出生地苏州以及初仕地常熟都很近。年轻时出身名门的富贵生活和诗书名望，曾通过他的家乡而传播到全国,家乡吴地给他带来了声誉和荣耀,所有这一切怎么不让他怀恋家乡呢!更何况在他的家乡还有许多离别经年的亲人。至于他于何地去世,并埋葬在何处,还有谁是否给他写过墓志铭,这一切都已经湮没在历史的长河中无法考证了。或许,我们可以推断张旭回到了常熟,因为常熟有他的亲人子孙聚居生活着,常熟更是他前往京城启航的地方。

五

在常熟靠近醉尉街南边的一墙之隔处,有座建于南宋建炎年的方塔,它重檐飞角,高耸入云。在这个叫"方塔园"的园内一个湖石叠砌的临水小山岗上,有个纪念草圣张旭而建的亭子叫"醉尉亭"。站在亭内,可远观常熟古城风貌。醉尉街附近的民居,粉墙黛瓦古风依旧。亭子正面的柱子上有常熟当代"疯癫"书法家冯景耀先生所录,脱胎于杜甫《饮中八仙歌》中写张旭的诗句:"三杯草圣传脱帽,露顶挥毫如云烟。"亭子内,悬挂着张旭狂草《古诗四贴》拓本,以及张旭在常熟的遗迹介绍。亭子周围的池塘,名"醉尉池"。它和"醉尉亭"及周边的山岗、湖石、亭台、楼阁等融合在南宋方塔的整个景区内,成为如今游人怀念一代草圣的清幽之地。

在常熟古城的腹地,有条老街叫县南街。它辐射出的老城区许多巷、弄、庙、宅,曾经从唐代一路而来,形成了常熟历史文化名城的根基和文脉。当时的张旭以及和他的县太爷办公的县署，也坐落在这个区域的北边，从唐、宋、元、明、清到民国（民国称县党部），其位置一直没有变。它周围的几条街被称作"县东街""县南街""县西街""县后街"。那些幽深的街巷和唐代开凿的琴川河两岸的临水民居，曾多少次让我们犹如行走在一条通往历史深处的香径上。在明代初年常熟人张著撰的记述中，常熟的百姓就早已为纪念张旭而在县南街的支巷学前街儒学门西面建造过一座"草圣祠"。到了弘治年间，草圣祠被迁出重建在街的另一条支巷周神庙弄内。据载，祠分前后两进，前为双层硬山顶式，后为三间大厅。祠壁内砌有清代著名学者钱泳于道光元年摹刻的张旭《率更贴》。祠内有嘉庆进士、道光年江苏巡抚、楹联名家梁章钜题写的楹联一副："书道入神明，落纸云烟，今古意传八法；酒狂称圣草，满堂风雨，岁时宜奠三杯。"

到了清代末年，草圣祠被改作了尼姑庵，1949年后，作过干部宿舍、招待所、血防站，以及第五人民医院的一部分，碑刻楹联也早已佚失。老县署及县南街整个在光绪八年（1882年）绘制的常熟县城图中，约占城区十分之一的地方，近两年被全部拆光。张旭的草圣祠旧址连同它的整个历史街区灰飞烟灭了。

2009年，常熟被中国书法家协会命名为"中国书法之乡"，这个殊荣的得来，是有自张旭以来一脉相传的书法传承和发扬光大有关的。张旭就像常熟古城肌体里流淌着的艺术血液，滋养着历代的学书者、为文者、为官者，成为生命的养料。唐代状元陆器，宋代宰相曾怀，元代画家黄公望，明代宰相严讷、文学家钱谦益，清代状元孙承恩、画家王石谷、吴历，晚清两代帝师翁同龢，等等，他们的书法艺术同样也释放出无限的光环。常熟的书法艺术到了清代，形成了具有浓郁地域色彩的流派——"虞山书派"，其清朗俊逸的书风，似江南水乡的江河湖泊，汇集成一幅壮观的艺术长卷。这一切，无不汲取了自草圣张旭以来的烟云供养……如今，常熟已经拥有中国书法家协会会员40多名，江苏书法家协会会员100多名，常熟书法家协会会员300多名，其书法作品屡次在全国大赛中获奖。现任中国书法家协会副主席的言恭达先生，是常熟书法艺术走向全国的代表人物，他的草书尤具张旭之风范。据《中国美术家人名辞典》等典籍统计，历史上常熟书法名家有200多名，精通书法者近千名，可见书法之乡之名实矣！

醉尉街既是古城的一条老街，又是中国书法史上一个重量级的符号，今天，我们可以忽略城市的某一些章节，但不能忽视醉尉街以及生活在醉尉街上的张旭所带给我们的无上荣耀和无限畅想。

虚廓之旷
——曾朴记略

一

清光绪三十年（1904年）八月，三十三岁的曾朴再一次来到早已熟悉的大都市上海，在公共租界的棋盘街（今河南中路）上租得一处房屋，与人合资创办了小说林社。营业登记负责人"孟芝熙"，系曾朴和常熟同乡好友徐念慈（又名朱积熙）、丁芝孙三人的合名。

自从光绪二十二年（1896年）冬天父亲去世后，曾朴觉得家庭的压力渐次增加。父亲曾经鼓励自己创办实业，趁着春天喜得一女的好心情，他于光绪二十三年（1897年）夏秋之交初次踏进上海，想干一番事业。然而，他无意中结识了改良派人物谭嗣同、林旭、唐才常等，常相聚一起慷慨激昂，畅谈维新，并一起筹措变法活动，把创办实业之事丢到了脑后。谭、林他们应康有为、梁启超之邀赴京共图变法大业的前晚，曾朴因要回家置办父亲墓地不能同往，便于沪上妓院作隐蔽为他们饯行。那一夜，他们纵论世事，不觉东方既白。日后曾朴每每回想此夜，常津津有味。

棋盘街曾经是二十世纪前期上海的商业中心，也是中国近代出版业的中心。鸦片战争以后，闭关锁国的国门被迫打开。道光二十三年（1843年）十一月，根据《南京条约》的规定，上海成为对外开放的通商口岸，英国、美国、法国等西方列强相继涌入。随即，英国传教士麦都思于十二月捷足来到上海创办了墨海书馆，开启了中国出版业现代化的先声。从此以后，西方国家先进的印刷技术、出版方式，刺激、带动、融合着东方这个古老国家出版业的发展。到了曾朴立足上海准备大展宏图的1904年，棋盘街上各类书社、书馆、书店林立有数百家，成为一条闻名海内外的文化街。各大书局如英国人美查开的点石斋石印局、日本人开的修文书局和乐善堂书局等，以及国人开的扫叶山房、同文书局、商务印书馆、广智书局、神州国光社，等等，都是当时印刷出版界享誉一方的文化实体企业。曾朴和他的同道们也选择在这样一条文化街开办小说林社，便是看中了这里的市场效应和发展潜力。当然，曾朴这些人绝非泛泛等闲之辈，他们的才华和抱负，岂止是仅仅开一家书社赚钱呢！曾朴他们都还不缺钱。

曾朴（1872年—1935年），字太朴、孟朴、籀斋等，号铭珊，笔名东亚病夫，江苏常熟人。曾家在常熟是有名的望族，世代为官，家产丰实。祖父曾熙文晚年筑明瑟山庄于常熟古城西南以自娱，有山庄十六景图咏传为美谈。父亲曾之撰，为光绪举人，刑部郎中。中年辞官后，在明代监察御史钱岱"小辋川"遗址筑虚廓园以家居。园内亭台楼阁、曲池风荷，今日仍显疏朗深广风姿。生长在这样一个大户人家，自然是家教有方、遍访名师、学业精进。他曾经受业于内亲、晚清著名学者和金石书画大家吴大澂。因此，曾朴少年时代就诗书斐然、名噪乡里。十九岁县试第一、府试第二、院试中秀才，二十岁就中了举人。光绪十七年（1891年）十一月，曾朴的夫人汪圆珊产女染病，母女双亡。汪圆珊是同治四年（1865年）进士、晚清大臣汪鸣銮之女。结婚一年即阴阳两隔，这给他的打击是十分巨大的。以致让他无意功名，意志消沉，影响了第二年进士的应试。在父亲的严命下，光绪十八年（1892年）春，曾朴北上京城应试，入场后却不意弄污试卷，监考官不让其换卷，无奈题诗拂袖而出。诗曰：

起来狂笑抚吴钩，岂有生才如是休？
身世忽然无意沏，功名不合此中求。

曾朴虽然鄙视科场考试，但科举时代毕竟是进入官场、晋升仕途、施展抱负的途径。以曾朴的才情，高中进士应该不成问题，但命运就是这样作弄人！在他意志消沉的时候，任刑部郎中的父亲为他捐了一个内阁中书（从七品官职）的官,并留京任职四年,即文名著于内阁。留京第一年,他在与父亲曾之撰的好友洪钧的交往中认识了赛金花。在京期间,他居住在老岳父汪鸣銮位于南池子的大宅内,与同乡前辈、同治光绪的两代帝师户部尚书翁同龢相往来,并得到亲授指点,才情更加日隆。光绪二十一年(1895年),二十四岁的内阁中书曾朴,相约户部主事、翁同龢侄婿同乡好友张鸿(燕谷老人)一起,进入总理衙门内的同文馆学习法文。成立于同治元年(1862年)的北京同文馆,是总理衙门内培养翻译人员的洋务学堂,有英、法、俄、德、日等班级。曾朴与张鸿读的法文班学员只有他们两人,大多数人学的是英语。曾朴学了八个月法文,因厌烦官场之累及牵挂家里第二任妻子所生的儿子而南返常熟了,一待就是四五个月。后虽回京,但终因官场失意、父亲曾之撰去世,他最终离开了已经气息奄奄的晚清官场,回到了江南老家。

二

创办小说林社的曾朴,其实已经在文学的道路上走了二十年了。据学者时萌先生考证,曾朴十二岁时就有《镇南关》长歌行存世。十四岁作的骈文词意美妙,令父亲大人曾之撰拍案叫绝,其文名已名噪乡里。十九岁时汇编旧体诗集《木理集》,二十一岁辑成古今体合集《羌无集》,二十五岁又编成第三本诗集《响沐集》。到了二十七岁结识陈季同，接触法国文学，曾朴更是登高望远，中西会通。1899年二十八岁时，他与同邑新派人物张鸿、徐念慈、丁芝孙、殷潜溪等创办了新式学堂中西学社，开全县办学风气之先。以后两年诗文创作丰收，有《毗辋集》《推十合一室文集》《历代别传》《龙灰集》等七种存世。

小说林社是中国第一家以出版小说为主的出版社。此时的曾朴，进入了中国近代市场经济的初期大潮中，市场定位准确。他意气风发，自任总理，徐念慈任总编辑，旗帜鲜明地打出了以征集、出版创作小说及东西洋小说译本的办社宗旨。开业一年中，共出版单行本小说14种。其后两年，又出版了历史、地理、科学、军事、侦探、神怪、言情、社会家庭等小说12类120多种。出版的小说数量渐渐超越了大部分书局，成为小说出版界一面鲜明独特的旗帜。他们还发行了"小说林丛书"和"小本小说"，其中1907年一年就出版了至少41种小说，仅比商务印书馆少了几种。而这年二月，《小说林》杂志创刊发行，它以连载小说和译著小说为主，并发表了对小说的论著和批评。杂剧、笔记、广告等也成为杂志的内容之一。办小说林社的三年，也是曾朴的创作从传统走向近代民主革命思想的时期。1904年9月，他接手民主革命派人物金松岑所作的六回《孽海花》，重新列纲谋篇布局，以洪钧和赛金花的故事为主线，开展故事情节，展现了晚清社会生活的历史长卷。当年十二月，曾朴已经写好了前二十回，并于1905年1月由小说林社出版单行本，马上获得好评，一年中再版十五次,印数达五万册。《小说林》杂志面世后,曾朴即续写《孽海花》二十一回至二十五回,并在创刊号上开始刊登,同时翻译刊登维克多·雨果等法国大师的作品。

1904年,即清光绪三十年,处在风雨飘摇中的清王朝,由于经年战乱、外敌入侵,已摇摇欲坠、气数将尽。维新变法时期,由于曾朴在上海和变法人士以及资产阶级改良派金松岑、黄宗仰、黄人等人的接触交往,进步改良思想自然反映到了文学创作上。通过创作小说《孽海花》来反映现实,鼓吹民族革命与民主革命思想,成为他创作的主要动机。

中国的白话小说,从唐代发端,到了明清时期进入全盛。曾朴无疑是在话本小说、章回体小说的熏陶下汲取营养的。而近代小说的发展,就是沿着中国古典白话小说的足迹一脉相承前行的。小说林社所出版的书籍,交会着中国文学和外国文学的广阔画卷,滋润着封闭的中国读者的心灵,为改良时代处在前沿的社会群体,提供了精神食粮。

三

清光绪三十四年(1908年)10月,光绪皇帝和慈禧太后相继离世,溥仪即位称宣统帝。可惜,宣统朝廷仅三年就土崩瓦解,被辛亥革命推翻了。查考曾朴这一时期的人生轨迹,真是令人百感交集。1908年9月,出了十二期的《小说林》停刊了,运作了四年的小说林社也因资金周转、经营不善等原因停业，就像光绪二十三年（1897年）初到上海经营丝业的失败一样，曾朴再一次离开了让他伤感的上海，落寞地回到了家乡常熟曾家花园。第一任妻子汪圆珊难产母女双亡之后，第二任妻子沈香瑞所生的三个子女十六岁的长子曾虚白、十二岁的次子曾耀仲、十一岁的爱女曾德，都在曾家花园快乐地生活着，他们在常熟最好的小学堂里接受良好的教育。尽管家道日渐衰落，但曾家看上去依然门庭显赫。曾朴尽享天伦数月。转眼到了第二年，两江总督端方仰慕曾朴大名，多次派人聘请曾朴到府任职。曾朴经反复考虑，觉得端方虽系满族，但力主新政、思想新潮，便同意进入端方幕府当了一个财政文案。同时和曾朴一起入府的，还有后来赫赫有名、1912年当选第一任民选民国总理的熊希龄。所谓的财政文案，就是在财政部门草拟文牍和管理档案的人员。官职虽小，但经常能够见到各级大员，特别是和端方的关系因工作而异常密切。不久，曾朴在京捐了个候补知府，便被派往浙江嘉兴审过巨贪，到宁波做过清理绿营官地局的会办。这种临时的小官职，倒也让曾朴工作投入，生活充实。他纳了个妾叫张彩鸾，并生下第三子曾光叙。

1911年辛亥革命爆发，11月4日杭州起义，浙江宣布独立，曾朴离开宁波来到上海。一别三年，此次他的心境与前几次大不一样。经过地方官场的沉淀，四十岁的曾朴也进入了人生的沉淀期。他又和原来在上海的旧交史量才、张謇、杨翼之等一起相往来了。《时报》主人狄平子有间客厅名"息楼"，曾朴和他们一起在那里时常纵论世事，"四海论交，择贤而友，遍交并世豪杰，视为平生乐事"。而更多的，曾朴还是念念不忘他的文学事业。时任《时报》主笔的陈冷在《纪念曾孟朴先生》一文中，谈及曾朴和他的交往："孟朴先生垂晚时常来访，访必相值，值必畅谈，少或三四小时，多或六七小时，非兴尽不返也。所谈多小说家言，兼及时流掌故，而政论甚鲜，如是者一年有余。"由此看出，曾朴对文学仍一往情深。然而，到了十一月下旬，曾朴被推举参加了江苏省议员的选举，并一举当选。这是中华民国成立后的第一届省议员，而张謇被选为议长。进入共和新政时代的省议员曾朴意气风发。在前清时代，曾朴屡考不第，只能花银子捐个官做。而今番不同，凭着自己的声望和才华，通过民选进入政坛，他顿觉政途坦荡，精神焕发，工作按部就班，专心致志地参加共和新政。他积极关心国家朝政，参政议政，仿佛又回到了热血沸腾的维新时代。或北上到京，出席全国财政会议；或献计献策，建议整理沿江沙田及官产计划；或揭露官场营私舞弊……他还不忘为蔡锷牵线与小凤仙相识，演绎出一段现代史上让人津津乐道的情爱故事。一时间，曾朴官运亨通，先后担任江苏省官产处处长、江苏省财政厅厅长、江苏省政务厅厅长等职。当然，公职之余也不忘文学，应《时报》主笔狄平子之约，他翻译了法国作家雨果的小说《九十三年》和剧本《枭欤》，分别由有正书局出版。

维克多·雨果（1802年—1885年），是十九世纪法国著名的文学家，也是浪漫主义文学运动的领袖。在曾朴翻译的众多法国文学作品中，雨果（当时译为嚣俄）的作品翻译得最多。据统计，共有译著19种，包括长篇小说2部、戏剧12种、散文2篇、诗歌3首。他翻译的雨果剧作，成为当时上海戏剧舞台上演出的经典剧目。

回眸中国近代翻译史，曾朴无疑有着重要的一席之地。自从光绪二十一年（1895年）他二十四岁那年和好友张鸿一起走进总理衙门内的同文馆学习法文开始，他就和法语结下了不解之缘。而与法国回来的外交家陈季同的相遇，则彻底改变了曾朴人生的轨迹。陈季同（1851年—1907年），清末外交官，福州人。十五岁考入福州船政局附设的求是堂艺局前学堂学习法文，后来赴法国学习法学、政治学，历任中国驻法、德、意公使参赞，在法国巴黎居住达十六年之久。他通晓法文、德文、英文、拉丁文，特别是法文，在晚清中国独步一时，成为中国研究法国文学的第一人。深厚的国学修养和对西方的广泛了解，使陈季同思想敏锐、眼光独特。1897年戊戌变法前夜，他翻译的《法国民法典》（即《拿布仑法典》）和《法兰西民主立国律》（又名《拿布仑立国律》）等几篇法国法律，在中国的《求是》报刊上刊载，为维新变法提供了法律理论依据。而曾朴第一次见到他时，正是戊戌那年在上海为谭嗣同等北上饯行的那夜。曾朴的朋友江灵鹣（即江标），为曾朴介绍认识了同席的陈季同。曾朴后来在回忆中讲道："他替我们介绍了，我们第一次的谈话彼此就十分契合，从此便成了朋友，成了我法国文学的导师。"陈季同对曾朴学习法国文学进行了系统的指导。曾朴曾经自述："我自认识了他，天天不断地向他请教，他也娓娓不倦地指示我；他指示我文艺复兴的关系，古典和浪漫的区别，自然派、象征派和近代各派自由进展的趋势……"在陈季同的指导下，曾朴阅读了大量的法国文学不同流派的原作。从拉伯雷的《巨人传》，到卢梭的论文、雨果的小说、大仲马的戏剧、米显雷的历史，以及佐拉、莫泊桑、李尔等人的大量作品，线索贯穿了一部法国文学史。阅读带来了快乐，阅读打开了人生的视野，阅读提升了生命的品质。曾朴在自己的人生实践中，除了自己阅读法国文学原著，还大量地把它们翻译介绍到中国来，把法国民主革命的思想带到了中国，影响了中国的知识精英，为中国"五四"以后新文化运动的发展打下了前期的基础。曾朴的人生价值从此也有了新的提升。一个曾经想通过仕途来实现人生价值的士子，自从打开世界的窗口后，人生的转变也是必然的。他对仕途不再迷恋，民国十六年（1927年），五十六岁的曾朴辞去了一切官职由宁迁沪。他用近三十年积攒的十万元资金，与长子曾虚白开办了"真美善"书店，并和现代文学史上那些耀眼的明星相继往来，共铸中国现代文学的辉煌。

四

1927年的上海,远不是我们在学生时代教科书上读到的那样简单。首先这一年,国民政府把隶属于江苏省苏州府的上海县单列出来,成立了上海市,直属国民政府管辖,要把它建设成为现代化的新型城市。当时,上海已经列入国际五大都市之一,它的社会形态已初步具备了现代化新型城市的功能。西方技术革命的成果进入了上海,电灯、电话、自来水、管道煤气、有轨电车、城市花园……现代工业和发达的城市商业、服务业,已经和世界上先进国家的城市相差无异。而中国现代出版业的发端与兴旺,也是在上海这座充满朝气与活力的新型城市中发端、成长的。曾朴的人生选择,无疑是具有挑战性和兴奋点的。他创办"真美善"书店,必定是带着未竟的梦想,他们要重新创造人生的光荣与辉煌。而同时期,新月社骨干胡适和徐志摩、闻一多、梁实秋、潘光旦、储安平、邵洵美等也移师上海,创办了"新月书店",出版《新月》周刊、《现代文化丛书》、《诗刊》、《新月诗选》等。对中国新文化运动产生重要影响的新月派立足上海,所做的大量有益于中国新文化发展的工作,曾朴自然关注并尽力参与。其中曾朴与胡适和邵洵美的友谊,更显谦谦君子之风。这在曾朴去世后胡适和邵洵美所写的纪念文章中可见一斑。青年时代的胡适就仰曾朴之名,1927年这年,"我们在上海住家,曾先生正在发愿努力翻译法国文学大家嚣俄(雨果)的戏剧全集。我们见面次数很少,但他的谦逊虚心,他的奖掖的热心,他的勤奋工作都使我永远不能忘记……他对我的文学革命主张的热烈的同情,都曾使我十分感动……。他自己创办的真美善书店,用意只是要替中国新文艺补偏救弊,要替它医病,要我们少年人看看他老人家的榜样,不可轻蔑翻译事业,应该努力把世界已造成的作品,做培养我们创造的源泉"。(胡适《追忆曾孟朴先生》)

"真美善"书店最初设在上海静安寺路,后来搬到了棋盘街。曾朴对棋盘街怀有深厚的感情。光绪三十年(1904年),曾朴初驻这条街创办小说林社。当年创业的成功与歇业的哀伤,曾让他经历了辉煌与落寞。这次重换店名,再度开张,是增加了人生二十多年的历练之后。"真美善"三字,原是法国浪漫主义文学运动提出的口号,是针对文学的内质、表现形式及目的而言的。这三个字,也体现了曾朴对人生品格的追求。据统计,自1927年11月1日"真美善"书店开张后几年中,曾朴先后翻译了雨果、莫里哀、福楼拜、左拉、大仲马等人的戏剧作品和文艺批评三十种,并撰写过有关法国文学评论、作家传记十七种。他对雨果的作品特别青睐,发愿要将雨果的戏剧名著全部翻译过来。这一时期,他一面大量翻译法国作家作品,一面修改续写《孽海花》,并创作自传体小说《鲁男子》中的第一部《恋》。此时的曾朴,小说、翻译、杂志、书店等都是他净化、升华灵魂的媒介和场所。法租界马斯南路有一幢小洋房,是曾朴租下来做编辑部的地方。他在这里布置、营造了一种法国式的沙龙氛围。一个从来没有去过法国的人，怀着对法兰西文学的敬仰和推崇，独具慧眼地运用自己学到的法文知识，不遗余力地做起了法国文学的翻译推广，并以此奠定了在我国翻译法国文学的先驱地位。他的沙龙，更让人仿佛走进了一个法兰西的精神庄园。除胡适外，经常去他沙龙的还有郁达夫、赵景深、顾仲彝、邵洵美、李青崖、叶圣陶、陈望道，等等，其中去得最勤的当数邵洵美。由于邵也在附近开办了一家"金屋书店"，曾朴与之讨论的话题最有共同点。年龄小曾朴三十四岁的新月派诗人邵洵美，出身在比曾朴更为显赫的名门望族。其祖父曾任湖南巡抚、台湾巡抚。外祖父盛宣怀是洋务运动的中坚人物、中国近代史第一代大实业家。他和李鸿章也沾亲带故。靠着祖荫，邵家富甲一方。邵洵美贵族气质、英俊潇洒、乐善好施，常慷慨接济别人。他青年时代留学英国剑桥大学，与徐志摩、徐悲鸿、张道藩等同为好友；1927年回国后，读书、写诗、做文章、翻译、编杂志、办书店，其生活的轨迹和曾朴大致相同。于是，他们俩成了忘年交，经常相聚谈文论艺，研究办书店、搞出版等。邵洵美这样记述曾朴："在我们这般小朋友面前，他的一举一动无不有意或是无意地保持着青春的活跃。"邵洵美还模仿美女写信捉弄曾朴，让曾朴十分好奇，猜疑不得，频频回信并发表在《真美善》杂志上。

郁达夫小曾朴二十四岁，曾朴在"真美善"书店开张时请客，也曾邀请已经在沪上旅居一年、文名远扬的郁达夫参加，只因郁达夫身体不适没有前往。但郁达夫与曾朴的友情是十分畅达浓郁的，我们可以在曾朴去世后郁所写的《记曾孟朴先生》中体会他俩的情谊。1928年初冬的一个晚上，邵洵美和几个朋友去郁达夫王映霞同居的家里吃饭，饭后无事，就一起坐上邵洵美的汽车，三分多钟就到了住在静安寺路犹太花园对面松寿里的曾朴家中。这是几位在当时文坛都已经响当当的人物相见，曾朴给郁达夫留下了极其深刻的印象。

"孟朴先生的风度，实在清丽得可爱，虽则年龄和我相差二十多岁，虽则嘴上的一排胡子也有点灰了，但谈话的精神的矍铄，目光神采的奕奕，躯干的高而不屈……"虽然只几笔，曾朴的形象如在眼前。而郁达夫接下来的记述，却让我们觉得这不是初见，分明是老友相聚了："我们有时躺着，有时坐起，一面谈，一面也抽烟，吃水果，喝酽茶。从法国浪漫主义各作家谈起，谈到了《孽海花》的本事，谈到了老先生少年时候的放浪的经历，谈到了陈季同将军，谈到了钱蒙叟（钱谦益）与杨爱（柳如是）的身世以及虞山的红豆树……先生的那一种常熟口音的普通话，那一种流水似的语调，那一种对于无论哪一件事情的丰富的知识与判断，真教人听一辈子也不会听厌。我们在那一天晚上，简直忘记了时间，忘记了窗外的寒风，忘记了各人还想去干的事情，一直坐下来坐到了夜半……"郁达夫用平实的散文笔意，描述了两位文人意气相投的任情适性。文人相慕，足见真情和各自的襟怀。

由于客观和主观上等多种原因，郁达夫直到去世也没有与曾朴再次相聚。其实，在我们的生命中，茫茫人海，人生匆匆，一聚就再不相见的现象有很多。有的如过眼烟云，有的却灵魂感应。"中国新旧文学交替时代这一道大桥梁，中国二十世纪所产生的诸新文学家中的这一位最大的先驱者，我想他的形象，将长留在后世的文学爱好者的脑里。"郁达夫的这段对曾朴的评价，是一个文学大师对另一个文学大师人生的总结。

胡适，中国新文化运动的轴心人物，一生拥有36个博士学位。这样的成就和荣耀在中国至今无人超越。他与曾朴的交往，主要在1927年5月至1930年11月。这段时期，曾朴在上海创办并经营书店，大量翻译法国文学作品，出版、创作、翻译忙得红红火火，不亦乐乎。而学界名人胡适，也从美国讲学游历四个月后回国，途经日本来到上海，和徐志摩他们创办新月书店，时年三十九岁，比曾朴小十九岁。文学与出版事业，让他俩成为同道。没有过多的相聚，偶尔交往却心心相印。曾朴寄送胡适自己翻译的雨果作品，胡适也寄赠自己的书籍给曾朴，互通书信，畅谈文学，探讨翻译。当曾朴于1935年6月23日逝世时，胡适正任职于北大文学院院长兼中文系主任。1935年9月11日夜半，住在上海新亚饭店的胡适，感念故友，历历在目，夜不能寐，提笔写下了怀念曾朴的文章《追忆曾孟朴先生》，并发表在1935年10月1日出版的《宇宙风》杂志第二期上。胡适回忆了和曾朴交往的过程，颂扬了曾朴的人格品质和对中国新文化运动的贡献。"我们今日追悼这一位中国新文坛的老先觉，不要忘了他留给我们的遗训！"中国新文化运动的闯将胡适对曾朴的评价，也彰显了曾朴作为中国新旧文化交替时代先觉者的伟大。在《胡适文存》第三集中，收录有曾朴于民国十七年（1928年）三月十六日写给胡适的六千字自叙传的长信，让我们看到了曾朴总结概括自己的人生文学历程，如今读来不无教益。中国现代文学神圣的启端和发展，热闹与沉静，讽刺和争鸣……在曾朴时代已风云际会。只可惜曾朴病体不暇，难以为他一生痴迷的文学再创辉煌。有时我想，假如再给曾朴十年生命时光，以曾朴的才情笔力、生命感知、人脉交际，他会对中国新文学以怎样的贡献？凭曾朴的阅历和世事洞察，他绝不会坐等历史的错失，一定会融入现代文学发展大潮的百家争鸣、百舸争流中去，或抒写、或论战、或翻译、或笔伐……或许，《孽海花》会有现代续篇，其优美的文字、铺展的画面、深邃的张力，也必将更引人入胜。

五

常熟虚廓园，今称"曾赵园"，是曾朴父亲曾之撰于光绪七年（1881年）筹建，光绪二十年（1894年）落成的一个私家园林。它的幽深和疏广，曾经成为清末、民国年间江南的一个名园。李鸿章、翁同龢等名人都为它留下了墨宝，吴大澂为之题名。园主刑部郎中曾之撰将数十位当朝权贵为虚廓园的题名题诗,刻石列于园内长廊。每当曾朴居家时,苏沪地区的一帮社会名流也常聚园内,看景赏花,诗酒唱和,泼墨挥毫。虚廓园的长堤柳岸、荷池曲栏,留下了他们洒脱的身影。

1931年的春天,曾朴六十寿辰,也是他母亲八十大寿,同时还是曾朴第三个儿子曾光叔结婚之日。三喜临门,虚廓园张灯结彩,热闹非凡。上海的一帮朋友邵洵美、张鸿、包天笑等都相约而来贺喜。郁达夫那天正好有事没来。不然,当郁达夫携新婚不久的爱妻王映霞游览了常熟这座精致的江南古城,并徜徉于虚廓园这个建于唐代王维诗境上的山光潭影园林后,一定会文思大开,为中国现代文学留下华美的篇章。然而,这一年,既是曾朴六十岁的大喜时光,又是他人生的黯淡时光。七月,在大上海书香四溢的棋盘街风光了四年的"真美善"书店以及刊物等,相继关门歇业。中国现代市场经济的潮流,卷没了一代文人曾朴的所有宏伟梦想。他经历了人生最后的失败,最终回到了生于斯长于斯的家乡常熟,回到了让他灵魂安息的这座古城城西清幽之园——虚廓园。和他一起开创文学伟业的长子曾虚白,也干起了老本行重操新闻旧业。曾朴顿觉老了。他一生体弱多病,取名"东亚病夫"其实也包含了体弱的因素。晚年想重返文学事业,再创《孽海花》后的续写辉煌,无奈力不从心。自传体小说《鲁男子》写写停停,眼看难以完成。醉心的法国文学翻译构想也难以实现。而"真美善"书店经营的失败，更让他羸弱的身体雪上加霜，他已经无力在中国现代文学的道路上奋勇前行了。繁华的上海是让他留恋的，但灯红酒绿、过客人影，皆是夕阳箫鼓、长歌短唱。邵洵美、张鸿、徐蔚南、郁达夫、李青崖、赵景深、顾仲彝、叶圣陶、陈望道、汪小鹣……与他们那种有时躺着，有时坐起，一面抽烟、吃水果、喝酽茶、谈文学、谈法国浪漫主义的情景，一直在眼前闪动。身在青山绿水间，也无法排遣郁闷的心情。于是，只能辟地种花，转移思绪。他在曾园靠西北处的几亩旷地上，建花坛、置花棚、辟小径、引池水，成为他莳弄花草的精神家园。旧时的园林，从来不收门票，大户人家的私家园林照样对平民百姓开放。曾听老人们说起，他们经常看到一个孑然老者（其实他才六十岁），戴着一顶草帽拿着花剪，迈着蹒跚的步履，穿行在他从国内外引种的花草中，弄土浇水，修修剪剪，看似悠闲，实则无奈。

民国二十三年（1934年）秋天，六十三岁的曾朴最后一次来到上海，住在福熙路上长子曾虚白家。他感受着大上海的海派气息，依然念念不忘文学事业。穷其毕生，他血管里流淌着的还是文学的血液。尽管他宦海浮沉，最终都是因赴沪上求发展投身文学事业而弃官。可文人经商，成功的何其少！文人们往往都理想主义，对商道玄机难涉其精其深其复杂。中国的文人，可以成为思想的伟人、学术的巨匠，却很少成为商场的翘楚。曾朴和他的"真美善"失败了；胡适、徐志摩们创办的"新月书店"失败了；邵洵美的"金屋书店"同样也失败了……曾朴这次回到上海，确切地说是他作一次人生的回眸。他召集了旧时的相识和文学青年前来畅谈文学梦。这就像天边的晚霞，发出最后美丽的余光。然而，病体让他不得不离开了他深深眷恋的上海，回到了虚廓园。他似乎知道自己大限将至，把好友张鸿召至园内居室，嘱其续写《孽海花》并作传。民国二十四年（1935年）六月二十三日，因一场感冒而病，中国近现代史上的文学家、出版家、翻译家曾朴，逝于青山脚下的虚廓园小洋楼，时年六十四岁，安葬在他园内日日所见的虞山北麓杨梅林深处。蔡元培、胡适、郁达夫、邵洵美、顾仲彝等都撰文纪念他，三个多月后的十月七日，京沪苏常的文学界人士、社会名流等六七百人，在常熟虞山逍遥游演讲厅举行隆重的追悼仪式，来怀念这位文坛的"老先觉"。柳亚子、金松岑、周瘦鹃、范烟桥、黄炎培、张鸿、蔡元培、郁达夫、李公朴等纷纷作诗文挽联以纪念。

中国近现代文学，风起云涌，一时多少豪杰！而从古城常熟的虚廓园走出去的曾朴，是站在一个高度俯视社会和人生的智者。他的创作与传播，像春风化雨，滋润过中国近现代社会的土壤。但他也是遗憾的，一个没有强大肌体的病夫同样是很难站在人生的大潮中搏击的，人生如此，国家亦如此。他只能望着那些勇健的弄潮儿，踩着"五四"以后的新文学鼓点，抒写出各自光辉的人生篇章。曾朴不老，汲取了世界优秀文化营养的中国现代文学，自曾朴以后，一路星光灿烂。曾朴也一直滋润着常熟的文脉，即使是在商品经济飞速发展的当代，文学作为一种伟大而神圣的精神活动，观照着当代社会，交汇出这个城市发展的步伐……

半野堂

明代开始才真正不胜旖旎的常熟风光,以山、湖、城、江的气度,包容着江南的一片婉约,荡涤出孤岛似的平静,管弦丝竹,雾天楼台,文脉书香。一个人,仅仅是一个人,就在这个城市,把中国东南半壁江山的文脉照亮了。书香无语,它如一缕清风吹散在山湖间,浸透在常熟这个有着深远文化历史的血液中了。他就是大明万历年一甲三名进士钱谦益(1582年—1664年),字受之,号蒙叟、牧斋、东涧老人。

一

明崇祯十三年(1640年)三月,五十九岁的钱谦益从城东坊桥外老宅荣木楼,搬到城西北虞山边半野堂别居居住。从此,他多了一个精神寄托的家园。从荣木楼到半野堂,虽然才隔了一里地,但他的灵魂却有了更广阔的空间。所谓半野者，系城市山林的分野。有院楼廊栏、池石亭台、竹木幽径、高屋林深，近市而邻虞山北岭，借山入景，风雅绝伦，是一处绝佳的居住之地。随钱谦益一起迁入半野堂别居的，除了稚子、小姬、佣人等，还有大箱大捆的书籍。此时的钱谦益，作为早已功成名就的东南文宗，已人生丰硕。他在半野堂这个融江南山水风光、园林文化于一体的福地静园，每当官场失意，就读书、写诗、做文章，会客访友，似乎过着半道半仙的生活。人生虽然坎坷曲折，但生活依然从容淡定。然而，在入住半野堂的这年仲冬十一月，当柳如是一袭男装飘然而至时，就打破了钱谦益平静的生活，也让他的生命开出了绚丽之花。

冬天的江南常熟，经唐宋元明经营的城市山林十分静美。曲折幽深的大街小巷，河网密布，水陆通达。这一天，柳如是经住在杭州的好友安徽富商才子汪然明的引荐下，自吴江盛泽放舟常熟，拜访住在半野堂的钱谦益。她和钱谦益并非初见。去年春日，她就应汪然明之约和钱谦益相逢在杭州美丽的西子湖畔，同游西湖，作诗论道。自从四五岁时从书香门第的家变中流落到娼寮后，她历经了人生二十年的甘苦。归家院、周道登、陈子龙，以及和江浙一带文人名士如程嘉遂、张溥、汪然明、谢三宾、陈继儒等的交往，无不给她带来了人生的丰硕和悲凉，甚至情爱。她早已厌倦了浪迹江湖漂泊不定的生活，想宁静地依靠在一棵大树上栖息。而名重文坛的钱谦益正是她有所依的归宿。这个时候的钱谦益，经过了官场的短暂风光与险恶，仕途坎坷。虽然二十九岁时（1610年）高中三甲探花，但从此以后至人生的五十九岁（1640年）三十年间，他在朝时间却不足两年，这是因为他一直仕运不好，得不到朝廷的重用。靠着家业，三十年悠优林间，虞山以及江南的文学沃土养育成就了他文坛泰斗的地位。到了柳如是从盛泽放舟常熟初访半野堂时，钱谦益已是著作等身，藏书名满天下，诗歌文章光彩万丈了。他取佛经"如是我闻"意，为柳如是十日而筑"我闻室"。这时的柳如是，已在崇祯十一年（1638年）二十一岁时，就刻刊诗集《戊寅草》。次年，又刻印了诗集《湖上草》。有方家评论，柳如是的诗作，与中国历史上的才女如蔡文姬、薛涛、李清照、朱淑真、顾太清等比，其创意才情及成就均高出一筹。而当被誉为明清五百年诗坛上最优秀的诗人之一的钱谦益遇上柳如是，一个是文满东南，名闻天下；一个是诗画双璧，才情远扬。真是人生得意，双辉相映。两人文燕浃月，谈诗论文，畅游苏浙，以文会友，日子过得快乐惬意。半野堂太小了，藏不下两人收集的古籍善本。于是，在他们一起生活三年后的崇祯十六年（1643年），钱谦益忍痛割让宋刻前后《汉书》，给门生浙江四明的谢三宾，换钱在半野堂后造了五楹两层藏书楼"绛云楼"。这是一幢藏书楼兼书房、居室、客厅等多功能的楼宇。建成后，钱谦益重点对自己收藏的书籍归类，共有七十三个类目，一万多册珍本善本，有经史、诸子百家、人物传记、文献典故、家谱世系、天文历算、佛说道藏、阴阳风水，等等。包罗万象，蔚为壮观，时人有"东南文献尽归于钱"之说。据载，他特别偏好宋元旧本，注重书籍的装帧，通过收购与抄录并举的方式来扩大自己的收藏。绛云楼因此也成为明末清初有名的藏书楼，吸引了无数的名家士人前往奇书共赏、借阅传抄。作为读书人，钱谦益毫不吝惜地向同道开放自己的藏书。毛晋、黄宗羲、程孟阳、黄皆令，甚至吴伟业等经常向他借抄。他们有的在半野堂一住数月，黄宗羲更是被钱谦益邀作一起读书的好搭档，曾相约闭门读书三年。清代藏书家钱曾作为他的族孙，青少年时代就常常相伴，共享读书之乐。为了让柳如是安心读书创作，钱谦益请来在苏州的嘉兴才女黄媛介入往绛云楼，陪伴柳如是读书作画做文章。在半野堂的开始几年中，钱谦益情爱滋润，笔力雄健，才情更盛，创作丰收。相继有《东山诗集》《初学集》《有学集》等刊印面世。此外还有大量的诗作、人物事件记事、友人世交文集序跋、逝者的墓志铭等等，成为这一时期留给后世的精神财富。

二

坐落在江南粉墙黑瓦、院落深深中的绛云楼，是半野堂建筑群中的一个最充满书香和读书情趣的地方。江南的文人士族，历来因知识渊博、兴致高洁而诗书往来，风雅绝伦。或寄情托思，逸兴遣怀，或抱琴访友，把酒举盏。当然也有看景赏雪，围炉夜话，共论文章短长的风雅。柳如是初访半野堂，是在和钱谦益同游西湖，吟过"草衣家住断桥东，好句清如湖上风……"后的人生理性选择。也是他们文以载道，书香互递，情暖日深的必然所致。柳如是初访当天，临走时挥毫赋诗《庚辰仲冬，访牧翁于半野堂，奉赠长句》。因为诗歌，让我们记住了江南古城那一个晴暖冬日的美丽时光。诗是这样写的：

> 声名真似汉扶风，妙理玄规更不同。
> 一室茶香开澹黯，千行墨妙破溟濛。
> 竺西瓶拂因缘在，江左风流物论雄。
> 今日沾沾诚御李，东山葱岭莫辞从。

柳如是在诗中借古喻今，把钱谦益比作汉代马融、谢安及李膺，而这些诸贤名流，正是钱谦益所倾慕和自比之人。这无疑让钱谦益从柳如是的诗歌中获得了共鸣，更为柳如是的才情所倾倒。他当即赋诗答寄一首《柳如是访半野堂，枉诗见赠，语特庄雅，辄次来韵奉答》。同样，他在诗中把柳如是比作文君之美、薛涛之才。这既是互慕，也是以诗歌的方式来表达相互的情感。当然，钱谦益还有银子，他十日而盖成院中小楼"我闻室"，让柳如是有所居。崇祯十三年（1640年）十二月初二，柳如是从停泊在尚湖中的船上，移居到设计成船形的"我闻室"中。漂泊零落的柳如是第一次有了属于自己居住的屋，寻到了归宿。钱谦益写下了《寒夕文宴，是日我闻室落成》以记之：

清尊细雨不知愁，鹤引遥空凤下楼。
红烛恍如花月夜，绿窗还似木兰舟。
曲中杨柳齐舒眼，诗里芙蓉亦并头。
今夕梅魂共谁语？任他疏影蘸寒流。

钱谦益的这首诗，哪里像一个年过花甲的人所写的啊。这样的深情，怎不让柳如是心动呢！她回首自己浪迹江湖，历尽坎坷，成名后虽然追捧的人很多，但大都逢场作戏，缺少真情。感慨之余回赠了钱谦益一首《春日我闻室作呈牧翁》：

裁红晕碧泪漫漫，南国春来正薄寒。
此去柳花如梦里，向来烟月是愁端。
画堂消息何人晓？翠帐容颜独自看。
珍重君家兰桂室，东风取次一凭阑。

柳如是的心情是复杂的，虽然竟日高朋文宴居有室，但回首情路曲折，特别是想到和陈子龙分手的重要原因，是他没有经济能力来安置自己。在松江，陈子龙那里也是高朋满座，并和几社名流酬唱之乐，但终居无定所，难成眷属。而钱谦益通过这首诗更加认知了柳如是内心深处的伤痛，倍加珍惜他和柳如是的情感。从此，两人相依为命二十四年。两人的诗歌文章，为中国文学史增添了光彩。他们半野堂内的十年生活，是与书香伴在一起的，是至今也让我们艳羡的一种生活方式。

程嘉燧（1565年—1643年），字孟阳，同为钱谦益、柳如是的好友。明崇祯十三年（1640年）腊月，他像往年一样来到钱谦益家中度岁，不同的是今年家中多了一个新人。程嘉燧是安徽休宁人，侨居嘉定近五十年，善画山水，得宋元大家神韵，且通书法、音律，其诗论对钱谦益影响深广。他和钱谦益相交三十年，常来钱家小住，有时一住月余。他们或在钱谦益虞山尚湖间的别业拂水山庄，优游山水，书画论道，同赏虞山寺僧所藏黄公望之《大痴仙山图》，诗酒共乐。或住在半野堂，看山听风，靠栏观鱼，披阅绛云楼宋元善本珍本藏书。在每年的除夕守岁月中，他们写下了多首相互唱和的诗作，如钱谦益《己卯除夕偕孟阳守岁》《戊寅除夕偕孟阳守岁》，以及程嘉燧《己卯除夕和牧斋韵》《戊寅除夕夜拂水山庄和牧斋二首》等。而这次再来，恰逢柳如是从舟中移居"我闻室"。柳如是曾分别于1634年、1636年两游嘉定，与程嘉燧有忘年之交。其中也掺和着两人的复杂情感。今年来时见老友家多了个美人，且是自己的故交，不免心中郁郁，住了几日就冒寒别去，返还嘉定了。当然他这次在牧斋家还是留下了两首诗《半野堂喜植柳如是，用牧斋韵奉赠》《次牧翁韵,再赠河东君,用柳原韵》。从诗的题目我们可以看出,文人间的诗歌相和,一直贯穿在他们的友情交往中。

江南的文士,自古就往来相交。当初张旭任常熟县尉十多年时,就常与吴中及周边文友在常熟诗歌唱和。唐代除张旭外,还有李颀、常建、皎然、白居易等。宋元以后,随着中国政治经济的南移,文学艺术活动的增加,以及江南城市建设的日益完备,更是吸引了无数的文人墨客前往驻行。宋有苏舜钦、范仲淹、范成大等,元有杨维桢、吴镇、倪赞,等等。

明代文人的交往更显得精致多彩。书画艺术、印刷技术的成熟,文章体裁的丰硕,社会生活的丰富多彩,让文人墨客有了广阔的天地。作为东南文宗的钱谦益,更是慕名者众。特别是生活在半野堂的十多年,以及在绛云楼时期,只赋闲在家,以文为友的交往就是日常生活的重要部分了。钱谦益迎来送往、酒宴常开、诗书交流,追寻学深。虞山尚湖常留下他们的身影,窗前屋下因他们的聚首而书香远播。文满天下的东林诸君来过;拜他为师的郑成功来过;黄宗羲、张溥来过;与钱谦益并称江左三大家的吴伟业、龚鼎孳来过……

然而,世事苍茫。朝代的更迭必然影响到官僚士族和百姓的生活。在半野堂生活的这十多年间,钱谦益或者被诬坐牢,或者职在南京,奔波仕途,或降清反清,苟且偷生,静心坐在绛云楼里读书的时间并不多。清顺治七年(1650年)十月初二夜,建成七年,成为钱、柳精神寄托,士大夫们向往的江南名楼绛云楼，因钱谦益幼女与奶妈剪烛嬉耍火星落入纸堆失火，藏书珍宝尽毁，并殃及半野堂。钱谦益为此痛心疾首："呜呼！甲申之乱，古今图籍史书一大劫也。吾家庚寅之火，江左书史图籍一小劫也。"生活的动荡，书楼的焚毁，给钱、柳打击是十分巨大的。这是一个精神家园的丧失！查考常熟的藏书历史，明代以前史籍少有记载。钱谦益是自明以来除赵琦美之外常熟的真正藏书家。自古读书人爱书甚于生命，绛云楼失火几乎毁灭了一个藏书家的全部丰藏。为此，钱谦益哭了三日，然后，把拂水山庄别所和老宅荣木楼的所剩藏书，分赠给了族亲友人、晚辈。是年二十一岁的述古堂主人钱曾，获得了大部分书籍，这为他日后成为名重东南的另一位藏书家奠定了基础。

三

江南士族阶层的读书生活，是从明代才蔚然成风的。明代以前的元代，外族统治者的统治目标是汉民族的征服。对数千年的中国传统文化尤其是言论出版，大加摧残和统制，甚至于取消了科举考试四十四年。宋朝的遗老遗少的藏书生活，局限在移情养性和自娱自乐上。藏书大家有赵孟頫、倪瓒、杨维桢、黄公望、顾瑛等。在国家收藏几乎空白的有元一代，一些珍贵的宋元刻本得以传世，这和江南的这些文化名流的嗜书如命是分不开的。明代以后，国家选拔人才的方法又恢复到通过科举考试的正常途径。读书藏书又成为社会精英阶层的主要精神活动。据范凤书《中国私家藏书概述》记载：有明一代全国的藏书家有869人，清代有1970人。而作为江南腹地的常熟，明清两代有记载的藏书家近300人。

钱谦益时代的常熟，读书、藏书、刻书等蔚然成风。士族阶层的书香生活引领着社会的气象。自唐至清，这个城市历史上先后出现过8个状元、485个进士，这主要集中在明清两代。读书、写诗、绘画、做文章、参加科举，正是这个城市的读书人自明代以来一脉相承的生活内容。从荣木楼到半野堂、绛云楼，以及西门外虞山尚湖间的拂水山庄，在这几处钱谦益城市生活居所一带，就是明代书香满溢的处所。此外还有监察御史钱岱的"小辋川"，藏书家赵琦美的"脉望馆"，藏书刻书家、出版家毛晋的家居别业等，仅尚湖一线，就有几十处官僚士族的风雅居所。在这样一个融山水城一体的城市空间，今天我们推崇备至的慢生活方式，早就在钱谦益、柳如是他们身上体现了。读书写作，文章细酌。吟诗作画，烟霞共赏。饮酒畅聚，山水寄情。这种高品质的生活场景，无不与江南社会相对稳定、百姓生活康泰安宁有关。据地方志载，明中期后的常熟，城垣高耸，街巷密布，甲第连云。城市百姓生活水准较高，各类私塾等教育机构也遍布城乡，学习氛围浓郁。尊师重教，民风高洁。明崇祯十四年（1641年）秋天，时值四十二岁的毛晋（1599年—1659年）于尚湖之南，为老师钱谦益过六十岁生日。这是两位藏书家的友情相聚，他们谢绝一切宾客亲朋，两人焚香供罗汉、置素食，清斋法筵，情投意合，畅谈文章千古事，甘苦得失寸心知。

纵观明末清初的常熟藏书，影响深广有赵琦美、钱谦益、毛晋三大家。钱谦益藏书自六十九岁绛云楼失火尽毁后，便不再收藏。而他的学生毛晋的汲古阁藏书却日渐丰盈，前后聚藏书达到八万多册。而且，珍藏有大量宋代、元代善本、刻本。牧斋老人要看书，毛晋的汲古阁藏书楼足够让他竟日盘桓，也可借阅携书而回。半野堂绛云楼不在了，他也无力再复建，他把半野堂宅基卖了。城中老宅有妻妾及子辈们居住着，西门外虞山剑门下尚湖畔的拂水山庄别业，成为他和柳如是常住的居所。依山而建的楼阁，借山造势，雄健参差，花木掩映，丛林鸟翠，有空谷之胜。渺渺尚湖波及前院，院外蒹葭芦荻，长堤柳岸，麦垄泥犁，农舍渔歌。在此而居，可疗失居之伤，重回夫唱妇随的宁静读书写作生活。

钱谦益老友、太仓吴伟业来看他了。吴伟业（1609年—1672年）号梅村，崇祯四年进士，曾任翰林院编修等职，明亡之后在家读书做文章。顺治十年（1653年），被迫应召北上赴京任秘书院侍讲，后升国子监祭酒（国家最高学府的主管），顺治十三年后在家不复出仕。作为"娄东诗派"的开创者，吴伟业与"虞山诗派"的创始人钱谦益，自是气息相通，诗歌文章交相辉映。而且，吴伟业的创作，也常常受到作为东南文宗钱谦益的提掖褒扬。这次，他们在拂水山庄畅谈诗歌人生。为了淡化钱谦益的失楼之痛，吴伟业别出心裁，要求钱谦益安排他与秦淮八艳之一的卞玉京见面。卞玉京才华横溢，诗书画无所不能，尤长小楷兼通文史，因父亡家道中落才流落到秦淮。崇祯十五年的春天，在苏州虎丘的一次酒宴上，卞玉京主动向吴伟业倾吐情爱，而吴伟业却装傻充愣，着实把卞玉京气得七窍生烟。此次吴伟业来看望钱谦益，卞玉京正好也在常熟远房亲戚家，前几天还和柳如是相聚过。钱谦益见吴伟业真心想见，便让柳如是把卞玉京请到拂水山庄。但卞玉京因世事苍茫，人生无常，不再幻想才子佳人式的情爱，便假意化妆躲进了柳如是的卧室，不愿下楼相见。为此，引发了吴伟业作《琴河感旧》诗四首，其中一首写道：

　　白门杨柳好藏鸦，谁道扁舟荡桨斜。
　　金屋云深吾谷树，玉杯春暖尚湖花。
　　见来学避低团扇，近处疑嗔响钿车。
　　却悔石城吹笛夜，青骢容易别卢家。

琴河，乃常熟城内唐代开凿的运河琴川河，也是常熟的别称。钱谦益读后即和诗四首以述怀。吴梅村写的是时代的悲剧影响到个人的悲剧，抒发了人生的无奈。而钱谦益借吴伟业、卞玉京人生无常、婚姻无缘，来揭示社会变迁后的流离及亡国之痛。情景交融，意蕴深刻，请看其中一首：

挝鼓吹箫罢后庭，书帏别殿冷流萤。

宫衣蛱蝶晨风举，画帐梅花夜月停。

衔璧金缸怜旖旎，翻阶红药笑婷婷。

水天闲话天家事，传与人间总泪零。

惺惺相惜，同病相怜，人生的悲叹，在诗书传递中足见真情。

自明崇祯十三年（1640年）三月钱谦益入住半野堂，十月迎来河东君柳如是，到清顺治七年（1650年）十月半野堂、绛云楼被焚，整整十年，钱、柳在青山辉映、书香满溢的居所，迎来送往过多少江左才俊、国中豪杰。在这里，中国文学史上的虞山诗派也从孕育走向成熟，成为中国诗坛夺目的一个流派，这和一代文宗钱谦益的名望学深、勤学精耕、提携后辈等是分不开的。尤其是他提倡的灵性、世运、学问独特的文学思想，为明末清初的中国诗坛注入了活力，引领了同时代的诗歌作者。虞山以吴文化第一山的清雅秀丽横卧于江南，从商代宰相巫咸，到吴文化始祖太伯仲雍，从孔子七十二弟子中的孔门十哲言子，到黄公望以及虞山画派、虞山琴派的诞生，其悠长的文脉是孕育浓浓书香的厚土涓流。清代学者阎若璩说道："海内读书者，博而能精，上下五百年，纵横一万里，仅仅得三人：曰钱牧斋宗伯（即钱谦益），顾亭林处士（即顾炎武）、及先生梨洲（即黄宗羲）而三。"虞山脚下的半野堂和绛云楼，尽管在365年前的一个风雨交加的晚上化为了灰烬，但它们已经成为中国历史文化名城常熟的一个文化标签，闪亮在中国历史文化的天空。

今天，我在半野堂故址前的琴川河畔流连，河两岸依然的明清建筑和伸手可及的青山城郭、含晖夕照，无不让我怀念钱谦益的锦绣文章、书香生活。当我走过遗址上的那些充满商业化的建筑、店铺，走过行色匆匆的人群，躲过捷飞似的车流，走进离半野堂故址不远处的虞山公园环翠小筑，抚摸着那块高大的、曾经矗立在绛云楼庭院内、钱谦益书房前的"沁雪"石时，犹如触摸到了牧斋老人的万卷笔痕……

江南气象

3200多年前，长江下游江南地区被称作荆蛮之地。但是，早在5000年前左右的良渚时代，这个地区就出现了灿烂的文明——良渚文化。"荆蛮"一词，是商周时代的中原人对古吴地的称呼。因为，当时的长江下游以南地区，历经了多次滔滔洪灾，田园荒芜，杂草丛生。人们都有断发文身的习俗，他们修着长发，身体上刺着各种花纹。这种环境和扮相，让中原人觉得奇怪，于是，就把古吴地称作"蛮夷"，把生活在那里的人称作"蛮人"。历史的真相到底如何？三千多年前的江南地区真的是荆棘丛生、人迹罕至吗？无论从历史的何种角度来看，显然都不是。在近现代大量的考古发现中，现今的江苏南部、浙江北部地区和上海市一带，水稻的种植已经有6000年以上的历史，这在河姆渡文化中早有印证。原始的人类老早就在长江下游平原的沃野上耕作了。而那些出土的大量精美的良渚文化玉器，更让今天的我们叹为观止。

这哪里是荆蛮之地的人们劳作的结果啊！那些充满着现代几何学原理，和精湛的工匠技术的雕饰，令我们望之惊叹！我们能说他们是一群野蛮之人吗？！

在地处长江三角洲平原上的常熟，还发现了5500多年前的马家浜文化晚期、崧泽文化时期的大量遗存。出土的各种陶器、玉器，和在近三十处良渚文化遗址出土的各类精美玉器，组成了常熟这个1200多平方公里县级市的深邃的历史文化天空。而产生于远古稻作文化时期，流传在常熟全境的民歌，至今依然带着原始的狂野和粗放，回荡在阡陌上。有的只有几句，有的数百行滔滔不绝，表达着人类的喜怒哀乐，成为汉文化吴歌中重要的一脉。放眼中华文明宽广的历史空间，一个"常熟"，就代表了丰厚的江南气象！

一

常熟谢桥新光村有一个地方叫钱底巷，它地处城市的北部。二十世纪七八十年代，那里还是沃野平畴，三面环水。卧牛似的虞山像一道屏风，遮挡着西面来的风尘。七十年代末的一天，田间劳作的人们在翻耕土地的时候，突然发现了不少陶片和原始的石器。开始，人们并没有当回事，因为，这里是一片乱坟地。后来村里把这片土地平整成了桑园和水稻田。过了几年，县里文管部门知道了，就联合南京博物院进行了查勘，又和南京大学历史系进行考古挖掘清理，才发现了一大批古文化遗址，出土了大量的石器、玉器、陶器，包括生产工具如石斧、石锛、石犁，及网坠、纺轮，以及生活用具如红褐陶罐、陶鼎、灰陶罐、鼎等。在发掘的475平方米古遗址中，共出土了各类完整器物200多件，并发现了许多灰坑、灰沟、水井、房屋遗址、墓葬。经过科学检测分析，定为典型的崧泽文化遗址。它上限可达马家浜文化晚期，至崧泽文化早期，距今约5500年以上。后来，发掘地被考古工作者回填保护了，它连同周围大约八万平方米的高台土地，一起沉睡回历史的深处。除了史籍上的记载和当地博物馆的出土文物展示，近四十年来，很少有人还记得这个地方。钱底巷就像常熟无数的农田一样沦为商业开发土地，在乡镇企业开厂、关厂和房地产商一轮又一轮的买地造楼中奄奄一息。去年末，我约了本市几个经常牵挂着这方土地上新石器时代原始文明的民间人士，特意去寻访遗迹。汽车绕了一大圈，过高楼、穿厂区，终于在一条荒径上找到了常熟市人民政府于1991年立的石碑。其字迹淡得已经难以辨认，仔细分辨才可看出石碑上"常熟市文物保护单位，古文化遗址"的字样，石碑的后面有记载遗址的简介。

　　崧泽文化是长江下游太湖流域重要的文化历史阶段，由于首次发现在上海青浦的崧泽村而得名。它处在新石器时代母系社会向父系社会过渡阶段，距今约6000—5300年。它上承马家浜文化，下接良渚文化。从常熟钱底巷的初步发掘中可以看到，在常熟这个靠近长江入海口的地方，早在5500

年前，就有了原始人类的生产、生活的活动，文化的发展也达到了一定的阶段。从发现的生产工具看，崧泽文化先民们主要从事稻作农业生产和渔业生产。那天，我在泥土里捡到了一片红陶片，上面那些人工刻出的非常有规则的网格纹饰，显示了崧泽人的严谨。我们还特意去了常熟市博物馆，看了展示的出土崧泽文化实物。那些陶质的鼎、豆、罐，和石质的凿、斧、锛等，无不显示出先民的智慧。特别是一件象形雕琢的狗头玉器，线条简洁，神态可爱，极富审美意趣，其历史和文物价值都很高。

当发现古人们的脚印留在江南常熟这片土地上时，我们是否会觉得这片土地上的神秘和高深？继马家浜文化、崧泽文化之后，良渚文化在常熟的大量存在，更是说明了文明的曙光早已在5500年前就照亮了这片土地。原始的居民聚居在一起，择水而居，围台高筑，房屋相连。家家在氏族首领的带领下，日出而作，日落而息。他们用制作的工具务农、捕鱼、狩猎，他们生存、繁衍、演化，他们劳动的号子和原始的吼声此起彼落，成为江南大地上绵延不绝的生命的呼声和文化火种……

中国许多城市的主题雕塑都有一定的象征意义，代表着一个城市的文化符号。在常熟的古城区街心广场，有一件玉琮拔地而起，巍然高耸。它就是仿制1983年在常熟张桥庙桥村嘉菱塘畔仁厚墩出土的，距今已有4500年的良渚玉琮。目前，这件玉琮的原物，已成为常熟博物馆的镇馆之宝，曾入选北京故宫博物院中国文物精华展。琮上镌刻着对称的神人兽面纹,细微精致,鬼斧神工,让我们很难想象新石器时代的人们,会有如此高超的几何工艺和雕刻技能。自从1936年考古专家在余杭良渚镇,首次发现良渚文化这一早期中国文明独特的文化特征符号以后,在太湖流域及常熟地区,又陆续发现了大量的5300—4300年间的良渚文化遗存,仅常熟地区有记载的就近三十处。出土的石斧、玉斧、玉璧、玉琮等,无不显示出生活在长三角江南核心地区的常熟的远古先民的文明程度。他们的智慧与对天地的敬畏和膜拜,对生命的崇尚与仪式,是华夏文明曙光最初的风景。那是一个原始氏族社会的大同世界,他们咏叹的歌声,穿越时空。一路而来,他们唱到哪里,哪里就有了交汇、融合、发展。

二

自崧泽文化、良渚文化以后,到公元前十七世纪至公元前十四世纪之间,大约经过了两千年的演变,人类社会发展到了距今约3500年的商朝时代。史籍中记载有一个常熟人叫巫咸,他竟然去了中原,当了商朝第五代君王太戊帝的从事宗教文化占卜、祭祀等职能的辅佐之相,地方志上还称他为中国第一位天文学家。而他的儿子巫贤,也当上了第七代商王祖乙的相。他们怎么会从江南常熟,渡过浩浩长江,到了黄河流域的商都发展呢?历史的文化信息我无法获取。也许,文明的信息沉睡在这江南沃土的地层深处；也许，文明的种子像候鸟一样飞到了另外一个枝头栖息。我只能是从浩瀚的历史资料中，撷取一缕沧海桑田的馨香。

夏商时期，常熟是中原王朝的"东土"。在《孟子·滕文公下》的记载中讲道："当尧之时，洪水横流，泛滥于天下。"这是公元前2000年左右的一场特大洪水灾害，它肆虐地席卷了大江南北。洪水毁灭了江南出现的文明曙光，太湖流域原有的发达的良渚文化也随之消失了。在大水汪洋之中，先民们只能向高处躲避，奔走他乡，择地而居。我忽然觉得，常熟的巫咸是否也是在这个时候，带着这一带的先民和大批工匠去了中原呢？不然那些在中原出土的青铜器上精美的纹饰，何以和良渚玉器上的纹饰异曲同工、一脉相承！

许多历史资料，都记载有巫咸掌管商王朝的文化国事。在创作于公元前十世纪（周代）的《尚书·君奭》中，就有巫咸佐治王家的记录，"巫咸乂王家"。同时，记载了巫咸的儿子巫贤辅佐商代第六代君王祖乙的事，"在祖乙时则有若巫贤"。而在东汉《越绝书》中，则明确记载着巫咸的出生地，"虞山者，巫咸所出也"。唐代张守节撰的《史记正义》中更是记载着"巫咸及子贤冢皆在常熟的海虞（嵎）山上，盖两子本是吴人也"。苏州城朝北的一座城门也曾叫"巫门"。常熟古城区历代有"巫公祠"。还有那虞山石壁上巨大的摩崖石刻"巫相岗"，至今依然清晰可见。我曾多次寻访"巫相岗"，想找到巫咸父子墓地的蛛丝马迹，但一直未能如愿。

虞山西北小云栖寺后的山脉，平坡深壑，山峦起伏，树林密布。通过一条林中山道往上走，春天野花竞发，夏日浓荫蔽日，秋天红叶满山，冬日雪光拥翠。"巫相岗"就在路尽头处松坡下的山坳中。百米长的石壁，巍巍若城。人在壁下走，抬头所见，危石高耸，森然入云。在一处天门中开的石壁冈上，"巫相岗"三个钟鼎文巨字，丰厚饱满，系宋代古迹。这里应该就是巫咸、巫贤父子的归葬之处。背靠千仞石岗，面对万壑山峦。

史书上说巫咸是常熟小山村人，至今那里又称"巫相村"。这个村在元代时期，又出了一个中国画坛大家，即元四家之首的黄公望。自小在小山村长大的黄公望，二十多岁进入官场后，有幸在杭州拜赵孟頫为师，驰骋画坛五十多年，终成大家。

常熟古称"虞"，因为仲雍字"虞仲"。虞山古代称"乌目山"，后称"海巫山"，是因为商代名相巫咸归葬此山而得名。后来，因为虞仲葬在山上而又改名为"虞山"，一直沿用至今。虞山不高，只有海拔263米，但在长江下游江南平原上，也算一座较高的山了。这座山的历史文化遗存很多，从商代的巫咸、巫贤墓，到周代周文王的伯父、句吴第二任君王仲雍墓，吴国第一代吴王周章墓。此外，还有春秋时期孔子唯一的南方弟子言子墓，南宋丞相曾怀墓、武科状元周虎墓，以及元代画家黄公望墓，明代神医缪仲淳、古琴大师严天池、藏书家赵用贤赵琦美墓，清代文学家钱谦益墓、一代才女柳如是墓、大画家吴历墓、"四王"之首的王翚墓，以及首任台湾知府蒋元枢墓、两代帝师翁同龢墓、近代作家曾朴墓，等等。哪一位不是名重江南、声播国中的人物！所以，一座小小的海巫山（虞山），自巫咸开始，便成了一座历史名人荟萃的名山。据史载，仲雍的儿子季简死后也葬在虞山，不过其墓冢已湮没了。另外，吴王阖闾时期的齐女墓也在这山上。相传阖闾定都姑苏城后，日渐强大，称霸东南，威慑四方，齐景公迫于压力，只得以和亲的方式，送女儿孟姜给句吴国太子终累（夫差之兄）。孟姜到了吴地之后，水土不服、思乡日重，郁郁而亡。临终前要求葬于虞山之巅，朝着齐国的方向，后来吴王就把她葬在虞山上。这在梁简文帝的《招真治碑记》中也有记述，"远望仲雍而高坟萧瑟，旁临齐女则哀垅苍茫"。一座虞山承载着许多吴文化的信息和养料，它滋养着一方土地和生生不息的人们。

三

如果说有关巫咸、巫贤的记录只是在史籍中有零星的记载，那商末的仲雍（虞仲）和长兄泰伯（太伯）让国南来的故事，却是史料丰富的。司马迁在《史记·吴太伯世家》中记载："吴太伯（即泰伯）、太伯弟仲雍皆周太王之子，而王季历之兄也……，太王欲立季历以及昌，于是太伯、仲雍两人奔荆蛮。文身断发，示不可用，以避季历。季历果立，是为王季，而昌为文王。太伯之奔荆蛮，自号句吴……太伯卒，弟仲雍立，……仲雍卒，子季简立，季简卒，子叔达立，叔达卒，子周章立。是时，周武王克殷，求太伯、仲雍之后，得周章。周章已君吴，因而封之。"兄弟俩来到江南后，长兄泰伯在无锡，弟弟仲雍在常熟，两地相距三十多公里。天晴时，仲雍可以站在虞山上，遥望得见西南无锡梅里太伯治辖的句吴都城。兄弟俩把先进的中原文化播撒在这片长江下游的土地上，同时，他们又承袭了江南丰富的文化因子。他们带领古吴地的先民，开荒种地勤农桑、渔猎……自此，句吴的广袤田野，有了更多动人的故事。农耕时代的信息，带给我们无限的畅想。在江南常熟这块土地上，有无数的网状河流及大小湖泊，它们回响着远古的渔歌。而具有6000多年种植历史的水稻，更是奠定了明清两朝曾经享誉京城的"常熟大米"的基因。当原始的人们用石器、竹木器进行渔猎、耕作时；当那些精美的纹饰呈现在陶器、玉器乃至商周的青铜器上时；当文明的种子燃起吴文化熊熊火焰并千年不灭时……我们是否觉得，常熟这个长江边上的小城所散发的文化之光，是那么的明亮！历史文化的天空七彩纷呈、一片瑰丽。

说到吴国，人们往往把苏州联系在一起，这是因为记住了吴王阖闾、吴王夫差。当然，还有那个来自越国越溪边浣纱的美女西施。而很少知道葬在常熟的真正的第一代吴王周章，以及他的先祖仲雍他们。

遥想当年，泰伯、仲雍来江南应该不只是两个人前来。他们一定带了一帮随从包括百工之匠等，就像当年巫咸他们去中原一样。于是，他们把中原的文化和文明带到了江南，把中原的农耕技术带到了江南，也一定把一些植物的种子带到了江南。他们和江南的百姓融为一体，把中原文化对接到句吴。于是，就有了新的发展，产生了新的文化基因——吴文化。

吴文化的范畴，是以苏、杭、嘉、湖等为核心区域，根植于江南厚土的地区文化，这也是良渚文化集中发现的地区。良渚文化的积淀，给吴文化的发端、发展创造了条件。周武王推翻了商朝，建立了周朝以后，寻找到了句吴第五代君王周章，便分封他为吴王。自此，吴国正式确立并列入周王朝版图。有了周王朝的庇护，诸侯国的发展自然走上快车道。吴文化逐步走向了繁盛。

对早期吴国的记述，史料比较零星。但我们还是可以从中隐约感受到吴地从句吴到吴国的发展脉络，特别是周章时期。3000多年前，位于长三角中心的吴国地区，经过几代君王的治理，已经从洪荒大水灾难中逐步走出来，恢复了生机和元气。中原文明反哺复苏了良渚文化的文脉，南来的青铜冶炼技术，给江南社会发展增加了动力，使其获得了新的劳动生产力。据史学家考证，仲雍接替泰伯王位之前，一直生活在常熟。因泰伯无子女，仲雍把长子季简过继给了泰伯，泰伯以古代罕见的八十六岁高龄去世。仲雍八十二岁从常熟到无锡梅里句吴都城任君王九年，于九十一岁去世，归葬在常熟虞山。仲雍去世后，长子季简接任，为第三代句吴王。自此，吴国从仲雍一脉传到第二十四代吴王阖闾，才把王城从无锡梅里搬到了现在的苏州，并且，阖闾在苏州还建立了"阖闾城"。到第二十五代吴王夫差统治前期，吴国成为地区霸主，后吴国被越国所灭。历史上的常熟，不管是句吴时期，还是吴国时代，都是吴国重要之地。常熟境内许多地方的地名，也都是因为吴王阖闾、吴王夫差的关系而命名的。比如虞山剑门，就是因为传说中吴王夫差来此试剑而得名。虞山上还有屯兵洞，发掘考证那是吴军屯兵处。常熟北境现今的张家港市有个乡镇名叫"鹿苑"，是吴王养鹿驯鹿的地方。"吴王爱美女，夜夜醉婵娟。"据载，吴王为了与西施欢娱，曾在常熟的虞山之麓大兴土木，扩建了两代离宫石城（原常熟李桥菜园村一带），兴建了扈城……

近年来，世界各地仲雍的后人没有忘记这位先贤和吴国大地的开拓先祖，每年春天都要回常熟虞山祭祖。这种自发的形式，代表着中华民族认祖归宗、血脉相承的传统亲缘，也是对吴文化的高度认同。那些散落在英国、法国、韩国、马来西亚、新加坡的华人，那些来自港澳、台湾的同胞，以及全国各地的仲雍的子孙们，都相约来到青青虞山，在仲雍墓下的清权祠广场，用隆重的仪式向先贤致敬。而吴文化作为汉文化的重要组成部分，从最初的句吴国时期到其后的吴国时代，通过与中原文化的碰撞、交融，推动了吴地社会的进步和发展。吴国被越国所灭后，越文化又荡漾在吴国故地，吴越文化又相互交织交融，相互促进推动社会的发展。直至几千年后的今天，这里又成为全国经济最发达地区之一。

四

在常熟有一条小巷叫东言子巷，宽仅一丈余。走到巷口就能看见那座高耸的，建于南宋建炎四年（1130年）的方塔（崇教兴福寺塔）。言子故居就在小巷的东段。它现在的建筑型制和结构，是清代的黑瓦粉墙平房。临街的门面不大，穿过三进院落，里面有一口井叫"墨井"。相传是言子当年的家中之物，用古老太湖石做成的井圈，古朴中泛着久远的气息和年轮刻印。生活在这里的人们，依然用清澈的井水洗衣、洗脸、浇院。言子老宅最早的文字记载，出现在唐代陆广微的《吴地记》中："常熟县北一百九十步有孔子弟子言偃宅，中有圣井，阔三尺，深十丈，傍有盟，盟百步有浣纱石，可方四丈。"在宋代范成大的《吴郡志》中对言子宅也有记述。二十多年前，居住在这里的人，曾抽干了井水进行清理，打捞出一只精美的唐代邢窑白釉三足水盂。本地的一位古玩商购得后，前来转让给了我。这一方面印证了水井的年代，也从一件瓷器上反映出老宅的主人不是一般的读书人。它所显示的文化信息，让人十分畅想。每一次走进言子老宅，我都想，作为出生在江南故地的言子，怎么会渡过长江，到鲁国去寻找孔子并拜其为师，最终成为孔子三千弟子中的七十二贤人之一，并被排列为孔门十哲呢？

言子，名言偃，字子游（前506年—前443年）。他生活的时代，正是春秋战国群雄纷争时期。而作为言子的家乡江南，正处在吴王阖闾和吴王夫差统治的时期。言子的童年生活还算比较安定，吴国历经了从泰伯、仲雍到第二十四代吴王阖闾，疆域广大，国力强盛，阖闾把都城已经从今天的无锡梅村，搬迁到了姑苏，建造成了气势雄壮的阖闾城。到吴王夫差时，他还在距姑苏八十里的常熟虞山之麓筑离宫石城，成为夫差与西施的行乐度假之处。吴国雄霸江左，东征西讨，威震天下。作为周之属国，吴国一切皆受"周礼"熏陶。平民家庭出身的言子，和无数个当地的百姓子弟一样，从小就接受礼仪教育。有史料记载，他十岁时由族人开始教读。到了十六七岁，已经初获小成，学有所精，十九岁学有大成，二十岁弱冠行礼，取名"子游"，胸怀大志。大凡人一旦掌握了知识，就会有自己的思想，也就有了对社会、人生的辨别与思考。言子二十二岁时，正是吴王夫差昏聩，家国失宁时。吴国连年征战，礼乐崩坏。面对失道的社会现状，言子忧心忡忡，日夜不安，他决定离乡北上寻师孔子以求道。于是，他辞别了夫人和一双儿女，乘舟渡过长江，踏上了游学中原的道路。他先直奔孔子的家乡鲁国，结果孔子因报国无门，带着一帮弟子周游列国已经十多年，此时正在卫国。言子闻知当即赶赴卫国，幸遇六十七岁的孔子，收言子为学生。孔子在与言子的接触中，觉得言子这个来自南方的弟子聪明好学，博闻强记，便高兴地说："吾道南矣。"次年，孔子六十八岁，言子二十三岁，鲁国大夫季康子派人带着钱财到卫国迎孔子回鲁国，言子和老师及师兄弟一起到了鲁国的都城曲阜。这一年，言子提出了"爱民德教"的思想。这种扎根民本的教育理论，是言子厚积薄发治国育人思想的启端。经过四年的学习，从夏、商、周三代到制度章典，到孔子以礼治国治家经略，言子成为孔子众弟子当中的翘楚。许多人慕名前往跟言子学习，开启了他礼乐育人的先声。

公元前487年，鲁哀公十四年，二十六岁的言子被鲁国任为武城宰。武城是个军事重镇，它坐落在距曲阜150多公里的沂蒙山的崇山峻岭中。宰的官职相当于县令。孔子提倡"学而优则仕"，作为优等生的言子，到了武城，开始实施他的政治抱负和社会实践。他谦卑理政，知人善任，并以"弦歌"之治，成为他彰显的政绩。所谓弦歌之治，其实就是治政理念中的一种制度和方法。有学者把它概括为"小康之政"，其特点是"敬德保民、精明礼治、选贤任能"，以实现治辖的人口兴旺，生活富裕，教育发达。言子通过勤政实践，使原本礼乐崩塌、人心涣散的武城，成为百姓生活富裕，教育发达的"边境城市"。一个弦歌不绝的武城，就是百姓安居乐业的乐园，言子的政绩青史留名。

公元473年（吴王夫差二十三年），自泰伯、仲雍立勾吴，仲雍一脉代代相传了758年的吴国被越国所灭。身在鲁国武城的言子，面国而泣，自此离职从鲁国到楚国及卫、晋，传道授业二十六年，终于在六十一岁时（前446年），不忘先师孔子遗训"吾道其南"，携孙言丰返回母国故土越国传道讲学。言子回到家乡常熟（那时还称海虞），听他讲学的人数以千计。这种学问的布道，很快伸延到周边一带。上海的"奉贤"地名，就是当初言子前往开设学馆传道以后，后人便以"奉言子之贤"而得名。如今在奉贤还有言子祠、言子像、忆贤壁等旧迹。而言子的家乡常熟，除了言子宅，还有言子故里亭、言子墨井、言子墓、言子专祠等古迹依然存在，吸引着无数的后人拜谒，遥想。公元前443年，言子卒，享年六十四岁，葬于虞山。如果说马家浜文化、崧泽文化是源，泰伯、仲雍是流，那么，言子就是一个岸了。他因孔门贤人而名传江南，因学识传道而流芳。他和孔子一样既是教育家，又是思想家，是吴文化发展的具体思想精神内核，也是贤文化的源。

　　常熟城市的底气，是从马家浜文化、崧泽文化开始的，到了言子才完成了前期的文化奠定，成为影响江南的厚重基石。今天，我们在寻访地处虞山东麓的言子墓道时，走过文学桥，迎面高高的石坊上"道启东南"四个大字，刚劲有力。这是清代乾隆皇帝首次南巡时，有感于江南富裕之地特意为先贤言子题写的。拾级而上，途中御碑亭内高悬的"文开吴会"匾额，则是康熙皇帝所题。两位皇帝、八个大字，代表着清代最高统治者对言子的肯定和颂扬。的确，几千年来，江南历史文化名城常熟正是有了蔚然的文风,才英才辈出、百舸争流、社会安定、百姓安居、经济发展、文化发达,才会有享誉全国的"虞山画派""虞山诗派""虞山琴派"……才会有科举时代自唐以来8个状元、4个榜眼、5个探花、485个进士,以及如今的25个"两院"院士!常熟的城市经济,四十年来一直保持着飞速稳定的发展,在历年全国综合实力百强县市排名中名列前五位。常熟的文化设施,也是一片风景。有全国县级市中最好的美术馆、图书馆、博物馆、大剧院、体育中心……每年的文化体育活动丰富多彩,比赛、展览常年不断,引来八方嘉宾。所有的这些,难道不是五千多年来,深植于这片江南大地上悠久的历史文化所带来的厚泽吗?

五

在常熟东南二十里,有个村镇名叫白茆。在远古时代,这里濒临长江与东海的交汇处,原为一片沼泽,长满了开着白花的茅草,故得名白茆。此地有一条大河通向浩浩荡荡的长江,远古的先民们聚居河的两岸,以渔农为生。据考古发现,在白茆镇芙蓉村,有原始人类生活的遗迹,并出土过新石器时代(距今5000多年前)的石锛、穿孔石斧等。在此聚居的部落,除了渔猎,还在广袤的田野上种植水稻等农作物,孕育了灿烂的稻粱文化。在文字产生之前,劳作的人们是用原始的歌声来彼此交流，释放情感，消除劳累，表达生命中的喜怒哀乐、爱恨情仇的。这种歌咏的方式，一直流传至今，在常熟地区被称之为"唱山歌"。这里的"山"并不指真正的山，而是指"山野之人"，代表着乡间的原野、阡陌。再后来，因重点传唱在白茆这个地方，被研究者称为"白茆山歌"，属吴歌一脉。因此，唱山歌在常熟农村是常见的。记得我小时候常听外婆她们唱，也没有什么形式。一帮妇女在田间劳作，边干活边唱山歌，你一声，我一声地唱着，本来很累很枯燥的农活，似乎也变得轻松了，笑容荡漾在她们的脸上。

我对白茆山歌最早的记忆是童年时代，大都是在乘凉时从外婆口中听来的。幼小的我和外婆一起生活在农村，外婆家住在那条有名的从城内通向乡野的老街四丈湾尽头不远处，沪宜公路在家门口的田野中穿过。外公在上海工作，1949年底造的房子，是村上最好的。一个天井，两排厢房，墙门外是一块五六十平方米的泥场，场上右前方，种着一棵老榆树。每当夏夜乘凉的时候，就听外婆唱着："萤火虫，夜夜红……"夏天溽热，无风的时候，外婆就唱道：

风婆婆，草里蹲，
嗏生能，就起身，
小树连根起，
大树着天飞。

于是，我也跟着唱起来，唱着唱着，风似乎真的就来了。童年的记忆中，不是乘凉，就是跟在外婆屁股后头走东家，闯西家，边走边唱着山歌，唱山歌就是生活中的娱乐。后来发现，大人对小孩子的启蒙教育，大都是以山歌开始的。如大人拉着二三岁的小孩白嫩的小手，比画着，唱"对对对，蓬蓬飞……"，这种简单的语句，就是歌谣中的"谣"。遇到小孩咳嗽了，就边拍小孩边唱"拍拍背，三年勿咳嗽。拍拍胸，三年勿伤风"。那一年，外婆去世了，村上来了唱哭歌的。唱歌的妇人围着外婆，边唱边用香在衣角上烫着洞。

玄色布腰裙白镶边，
把着坟墩哭妮天，
半个月黄梅十六夜雨，
推开仔乌云换好天……

听着凄凉的山歌，我想起外婆对我的种种好，不禁号啕大哭，让在场的人也动容落泪。

流传在常熟地区的白茆山歌，就像人身体里的血液一样，成为乡野生活中不可缺少的一部分。在虞山南麓尚湖边上，有一个农家酒家，主人老何是唱白茆山歌的好手。他经常在吃饭的客人面前唱山歌，有时，甚至边唱边跳，手舞足蹈，十分传神。有一次,他神秘兮兮地对我们说,我有好多山歌不好乱唱,现在讲起来是不健康的。我和同伴逗他唱,他坚决不肯唱,终不能听到而遗憾。其实,有众多不能搜集进《中国·白茆山歌集》的山歌,它们表达的是男女私情中最原始最直白的唱词,田野上的歌声有时是毫无掩饰的。

据史家考证,最早的歌谣可能出现在五六千年前,甚至更远。但自从商代末年(约3100多年),泰伯、仲雍让国南来,中原文化和江南文化相结合,并兼收并蓄,形成了独放异彩的句吴文化。经过3000多年来的不断丰富和发展,歌谣成为一种特殊的口头文学表演形式。歌词的内容也日渐成熟,并固定了下来。它自然成为江南文化中与百姓最为亲近的文化表达形式。对吴歌的最早记载,出现在屈原的《楚辞·招魂》中。此后,左思的《吴都赋》等也有过记录。近代学者顾颉刚先生在《吴歌·吴歌小史》中说,吴歌的起源不会比诗经晚。只是,《诗经》只记录了黄河以北、中原、江汉一带周代十五个诸侯国民间流传的民歌。对长江以南的吴、越、楚的歌谣均没有载入,其原因可能是北方的采集者难以听懂吴越楚音。但是,在常熟白茆一带,至今还流传着汉代张良到白茆地区传唱山歌的民间传说。山歌中有"张良就是唱歌郎,坐着风筝教思乡"。历史上大规模地收录吴歌,是魏晋南北朝时期的官方乐府机构。据查,载于"南朝乐府"的吴歌有326首,这其中百分之九十是描写男女之情的。在南朝乐府中,我们也能寻找到白茆山歌最初的影子。"欢愁侬亦惨，郎笑我便喜。不见连理枝，异根同条起。""打杀长鸣鸡，弹去乌白鸟。愿得连冥不复曙，一年都一晓。"等等。这种歌咏，和常熟地区的语言环境十分吻合。细读南朝乐府诗集，我们可以细细体味江南常熟田野上飘扬的歌声。

唐宋以后，开始出现了文人对山歌的描述和记录。李白曾经作"郢中白雪且莫吟，子夜吴歌动君心"。自宋代郭茂倩编著《乐府诗集》后，吴歌（山歌）便成为经过文人修饰后的雅文化，而令士大夫及统治阶级喜爱追捧。明代是历史上第二次大规模搜集吴歌时期，特别是冯梦龙采集整理了宋元到明中叶吴地民间流传的大量吴歌，整理了十卷共360首作品，还在《山歌》《挂枝儿》中选用了多首白茆山歌。

这一时期，居住在白茆红豆山庄的钱谦益、柳如是夫妇，一定也会时常感受着白茆山歌的旷野之声。钱谦益在《国初群雄事略》卷七中，录过一首关于白茆塘的山歌："好条白茆塘，只有开不全，若与开得全，好与西帅歇战船。"而关于白茆山歌文字的记录直到清代、民国才真正丰富起来。山歌经文人的传抄、民间艺人的口授、书商的刊刻等，特别是五四新文化运动前后，北京大学发起的歌谣运动，开创了历史上的第三次大规模搜集山歌活动。顾颉刚等搜集整理编印的《吴歌集》，为吴歌登上高雅舞台开了先风，打下了基础。同时，在胡适、鲁迅、郑振铎、周作人以及柳亚子等一大批教授学者的倡导下，从搜集、出版、传唱、理论等多方面推进了山歌走向雅文化道路的发展。二十世纪五六十年代，白茆地区，民间山歌活动达到了兴盛时期。在清澈的白茆塘边，经常性地举行万人山歌会。唱山歌、对山歌成了乡野娱乐盛事。进入二十一世纪初，常熟文化部门和白茆政府加强了对山歌的进一步搜集，并集结出版了《中国·白茆山歌集》，收录了703首白茆塘区域的山歌，其中有120首是表达男女之情的情歌，加上传说故事歌中有39首涉及情爱，合计有159首。

常熟白茆山歌也因其在吴歌中最为历史久远和保护的相对完整性，被收入了第一批国家非物质文化遗产代表作名录，而受到了国家、政府的高度重视，白茆镇也被中国文化部命名为"中国民间艺术之乡"。

隔河看见白牡丹，
我远详要嫩几乎难，
荷叶盘打水突乱突乱心里转，
雨笃知了口难开。

这首被收入《中国歌谣集成·江苏卷》中的白茆山歌，是一首典型的男女情歌。它用隐喻的手法唱出了男女之间既爱慕又难以启齿的矛盾慌乱心理。男子把心爱的女子比作河对岸的一株白牡丹，离开那么远的距离，仔细看又看不清，心里的慌乱就像用美丽的荷叶盘打水，小河里漾起了一圈一圈的波纹。也好像被雨水淋湿了树上的知了，虽然有口却叫不出声来。这种比喻手法的运用，给质朴的白茆山歌增添了无限的畅想，让我们身临其境地体味到男欢女爱微妙心理活动所带来的欢畅美好。

从吴文化的发轫，看白茆山歌的流变，我们是否看到长江下游平原地区远古先民们一路走来的踪迹？

"隔河看见白牡丹"，我们把白茆山歌比作江南乡野上盛开的花朵，她的质朴带着泥土的芬芳。她的语言具有地域性，带着吴方言古韵，不是吴方言地区的人很难听懂。因而，吴歌也就像隔河盛开的白牡丹一样，朦胧而美丽。生活在这片土地上的人们，就是千百年来山歌生动的传唱者和丰富的演绎者。山歌的变迁，也是文化的变迁。自从它在常熟这片古老的大地上出现那天起，就昭示着一个城市的文化从最初的胎动，走向发育、成长。它流变的方向，就是常熟历史文化发展的方向。

江南气象，其实就是一种文化气象，它代表着以常熟为重要核心地区的吴文化概念。它从远古时代的马家浜文化、崧泽文化开始，直到句吴吴国、春秋战国，直至唐宋元明清以降，无不以它最初的重彩，挑起了江南文化的大梁。今天，当我们在田野，甚至舞台上听到山歌唱响时，依然能够感受到时光深处那最初的心跳……

一个家族的背影

在江浙地区民间流传着一个"偷龙换凤"的故事。说的是康熙年间的进士、浙江海宁人陈世倌（1680年—1758年），在京任编修侍读期间，与康熙皇帝的第四个儿子胤禛（即后来的雍正皇帝）常有往来。康熙五十年（1711年）八月十三日，陈世倌喜得了一个儿子。同一天，胤禛王妃也生下一个女孩。平时，王妃和陈夫人的关系非常好，如同现在的闺蜜。知道陈家生了一个同年同月同日生的男孩，胤禛就让陈家抱着孩子去王府看看。谁知出来回家发现，原来襁褓中的儿子变成了女儿！陈家有苦难言不敢说，只好忍气吞声，悉心抚养着这个皇家千金。后来，胤禛当上了皇帝，即雍正帝，陈世倌也受宠幸有加，官越做越大。雍正十三年（1735年），雍正帝去世，乾隆接位。这位一代明君，就是当年换入宫里的陈世倌儿子。或许，乾隆知道自己是陈世倌的儿子，所以，在六次南巡江南时，有四次住在了浙江海宁陈世倌的私家园林中，并赐下两块堂匾，一曰"爱日堂"，一曰"春晖堂"，均从唐代孟郊《游子吟》中取意。而那位雍正皇帝的金枝玉叶，在陈家长大后，嫁给了康熙四十二年（1703年）进士，任户部、兵部尚书、文华殿大学士蒋廷锡的儿子蒋溥。当时，蒋溥也在雍正八年进士及第，在朝廷官场中意气风发，一帆风顺。陈小姐嫁到蒋家后，人称"蒋二奶奶"。由于她娇生惯养，生性十分刁钻疙瘩，很难伺候，因此以后在常熟及邻近地区出现了一句俚语："蒋二奶奶的脾气——碰不得"。后来，蒋溥官至东阁大学士兼户部尚书，又秉承了父亲蒋廷锡、祖父蒋伊的文学天赋，诗歌文章名重一时，并且，他在花鸟画上的艺术成就，也名声远扬，成一大家。

有关蒋二奶奶的故事趣闻，在常熟民间口口相传，一直流传到现在，几乎家喻户晓。至于是否属实，也无从查考，但人们愿意信其有。或许，皇亲国戚散落在民间，也是有可能的。

一

江南常熟，有著名的八大家族，为"翁、庞、杨、季、归、言、屈、蒋"。翁氏是以翁心存、翁同龢父子两代宰相、两朝帝师、叔侄联魁为荣耀，其家族在晚清政坛颇有影响。庞氏家族则大都为耕读传家，但也出过道光探花，官至尚书。杨氏一脉也是耕读世家，并出过咸丰榜眼、光绪进士、书法家、诗人等，家族显赫。光绪六年（1880年）进士、监察御史杨崇伊，为晚清重臣，因上书慈禧弹劾"戊戌六君子"，及康有为、梁启超的维新变法，而导致变法失败，影响了近代历史的进程。其子杨云史，诗词冠绝近现代，世称"诗史"。季氏家族从南宋开始在常熟历九百年豪门，根深叶茂。归氏家族的历史也是从宋代开始，到了康熙年间，出了个状元归允肃，以清廉刚正而名。言氏祖先那就是孔子"孔门十哲"列第九的言偃。言氏家族开枝散叶多有文名，他们将言子秉承的儒学思想、礼治文化和贤文化继往开来，成为"道启东南""文开吴会"的精神内核，教化了两千多年来长三角地区的百姓。屈氏则是从宋室南渡而来，以家业兴旺、散财兴寺而闻名乡里。而蒋氏家族，自先祖蒋秀兀晋朝任过常熟侯，其后虽未出过状元，但从明末蒋棻开始，到清代的蒋伊及子蒋陈锡、蒋廷锡家族计五代中，有十一人进士及第、官居朝廷要职，成为治国安邦的栋梁。而蒋廷锡、蒋溥父子，更是父子宰相、辅国助政，成为朝廷重臣。这种现象在常熟乃至全国，也是十分罕见的。

辛峰巷是常熟一条保存基本完好的老街。明崇祯年间，这里是江南文宗钱谦益、柳如是的半野堂、绛云楼所在地。清顺治七年（1650年），绛云楼不慎失火焚毁后，殃及了连片大院整个半野园，烧毁了钱、柳丰硕的藏书及财宝。后来，钱、柳不想再住在这个伤心之地，搬到了城西依山面湖的拂水山庄居住，半野园也逐渐由盛而衰。到了钱谦益、柳如是相继去世后，钱的长子钱孙爱将其一部分分割，出售给了康熙十二年进士、陕西道监察御史蒋伊，以及蒋伊长子康熙二十四年进士、山东巡抚蒋陈锡，成为蒋家家族在常熟古城区的重要聚居地。

在常熟还有一条老街巷，旧时叫蒋家牌楼，俗称半野堂弄，当年因为蒋伊买下半野园后，在西边的巷口建造了牌楼而得名。它面山依坡，朝晖夕映，气势不凡，成为进入蒋府建筑群的标志入口。后来，随着蒋家的衰落，蒋家牌楼就消失了，但人们还是把此巷称为"含晖阁"，巷名一直沿用至今。

含晖阁东西走向，它东边的巷口直达唐代开凿的琴川河边，紧旁琴川七弦之第五弦河。它西边的巷口，近虞山而天高远，飞阁流丹，蔚为壮观。蒋家家族世居常熟城南，而蒋家牌楼所处的半野堂故地，是宋代以后集中发展起来的聚居地，它处于常熟城市中心的偏北地带。经过钱谦益的经营，到了蒋伊手上，成为士族阶层集中居住的地方。人们喜欢生活在山林河川之处，是因为人与环境的和谐，但往往也会出现一种文化现象——或汇聚一帮同好，诗歌文章，著书立说；或修身养性，青灯黄卷，考取功名。蒋伊家族就是后者的典范。

蒋伊（1631年—1687年），字渭公，号莘田，康熙十二年二甲第四名进士。官至陕西道监察御史、河南按察御司副史提督学道。他是清代的书画家和诗人。他的父亲、崇祯十年（1637年）进士、礼部主事蒋棻，早已为日后的家族显赫打下了基础。蒋棻生活的时代，是晚明社会一个朝代在挽歌声中走向衰落的时代。他进士及第后，为官知县七年，其中三年还丁忧在家。崇祯帝任命他的礼部主事还未赴任，明朝就亡了。作为一个本想报效朝廷、施展才略的政界人物，蒋棻十分懊伤悲愤。清朝立国时，他在家乡常熟隐居于城南府第，与同时代的好友钱谦益、毛晋，以及太仓吴伟业、张溥，松江陈继儒、陈子龙等神交往来，著书立说二十年。蒋伊是蒋棻的独生子，承袭了蒋家的家风。

从前的大户人家都有家规家训，这是立门立户、发家致富的行为规范，蒋家也不例外。流传下来的，由蒋伊主持编写的《蒋氏家训》，十分详尽地从做人立德、生活品行、家族孝道、邻里相处、主仆关系等，洋洋千言，林林总总，不厌其烦。试看几则："不得从事奢侈，暴殄天物……"虽为大户富豪，但提倡节俭，为子孙行为规范，实为可贵。"不得逼迫穷困人债务及穷佃户，租税须宽容之，令其陆续完纳，终于贫不能还者，焚其券。"这体现了蒋家对贫困佃户的体恤关爱、慈悲为怀。在子女婚嫁方面，提出"婚嫁不可慕眼前势利，择婿须观其品行，娶妇须观其父母德器，一诺之后，不得因贫贱患难遂生悔心"。对家中佣人亦规定："女婢二十以内即遣嫁，或配与僮仆，或择偶嫁之，不得贪利卖与人为妾，致误其终身。"并告诫家人："家人不许生事扰害乡里，轻则家法责治，重则送官究惩……"这样的人生告诫、道德纲常，让今天的我们会重审一个时代、一个家族的渊薮。严肃正明的家教必然会家族兴旺，人才辈出，蒋伊因而教育培养出了两个进士儿子蒋陈锡、蒋廷锡，以及两大家族分支中的许多俊才。

二

康熙二十四年会考开榜了，常熟才俊名门之后蒋陈锡以二甲第二名进士及第，这是蒋家自明末以来第三代连中进士。蒋陈锡从知县、员外郎，再到河南按察使、山东布政使、山东巡抚、云贵总督，一路平步青云。从史料上看，蒋陈锡并没有留下诗歌画作。但他养育的六个儿子中，长子蒋涟、次子蒋洞，也在康熙年间分别高中进士，并成为皇帝的重臣。其他的四个儿子，也都在政界任职，不是郎中，就是知府等。依着蒋家深厚的儒家学风滋养，加上江南自古民风淳朴，蒋家家族人才辈出也自在情理之中。但在腐败成风的大清官场，光靠淳朴善良是站不住脚的。骨子里缺少圆滑狡诈的蒋陈锡，在云贵总督任上，其督办的西藏粮运，被四川总督年羹尧算计，导致被朝廷以筹粮不力、延误军机为名革职，并责令其自费运米入藏。次年的康熙五十九年（1721年），蒋陈锡终于倒在艰辛的运米途中，去世时享年六十八岁。长子蒋涟（1675年—1758年）进士及第后，官至翰林、太仆寺卿，他倒是常伴皇帝左右，但对父亲的境遇与命运，并没有留下片言只语,也不敢说些什么。蒋溥仕途通达,历经康、雍、乾三代,终老还乡。他以诗歌名世,著有《漱芳集》《使豫草》等。

读蒋溥的诗,可以看出他继承了祖父蒋伊的诗歌风骨,简约清新,淡远意旷,大都是官行途中有感而作。在清代王应奎、何绍基所编的《海虞诗苑》中,录有蒋溥诗十九首。

> 远舍烟峦接太行,
> 日光穿漏驻微阳。
> 赤城霞起天门晓,
> 温裕泉飞石峡香。
> 何处清游接嵇吕,
> 可能新咏削山王。
> 停车万古高人地,
> 竹影潇潇梦自凉。

这首《宿修武县》是蒋溥督学河南学政时的过境之作。修武是一个有两千多年历史的古县,历史人文丰厚。魏晋时期的竹林七贤,曾经在此留下了无数佳话。嵇康、吕安的深情厚谊,让蒋溥想到自己天涯孤旅,不免惆怅。对比在此驻留的历史名人孔子、汉帝、韩愈,等等,自己又是那么渺小。同时,他或许想起自己的父亲蒋陈锡十多年前,任河南按察使时的风光,如今却因受人算计而被皇上夺职,劳苦受辱,不禁悲从中来。

贯穿常熟古城的琴川河，南接元和塘，直达苏州并连通京杭大运河，北通长江。因琴川河有七条支河，像古琴上的七根弦，所以，常熟又有了"琴川"的别称。在民国以前，琴川七弦依然清晰，它滋润了古城百姓的生活，承担了古城的水运和泄洪功能。在它的第五弦的南岸，如今依然保存着一处私宅，那就是蒋陈锡的次子，康熙五十二年（1713年）二甲第十名进士蒋洞的住宅。原本五进院落的深院大宅，坐北朝南，毗邻侄子蒋元枢所建的燕园。但如今只剩下最后一进建筑，破落危伏，风骨独存。清初的建筑能够保存下来的已经少见，二层围廊，青石青砖黑瓦。院子里的一口青石井圈的古井，还在被住着的十几户人家所用，洗衣、洗菜、浇花。据住在这里的一位老妇人说，解放初期，这里住着一个杨姓地主，土改时房屋被没收。西厢房分给了她家，东厢房留给了杨姓地主。中间的这个客厅被当作舞厅，小时候，杨姓地主常邀请客人来跳舞。"文革"时期，杨姓地主被赶走了，直到"文革"结束政策落实，把东厢房还给杨住。但杨已经生活没有着落，还是把房子让政府收购了。现在，房管所把房子租给了外乡人。这个杨姓地主应该是常熟清代八大家族之一的杨岱的后人，也应该是清代台湾知府蒋元枢的后人。当年，蒋元枢的长子蒋继煃，娶了杨岱的女儿为妻，在此生活过几十年。

蒋元枢是蒋陈锡的弟弟、康熙四十二年进士蒋廷锡的孙子，也是蒋溥的儿子。对蒋廷锡，我们现在知道得多的是他在花鸟画上的成就。作为康熙、雍正年间著名的宫廷花鸟画家，他在中国绘画史上，有着极其重要的地位。其实，他在政治上的作为和贡献，以及他对中国传统文化的弘扬是更值得一书的。

蒋廷锡（1669年—1732年），字酉君、杨孙，号南沙、西谷，别号青桐居士，江苏常熟人，历任礼部侍郎、户部尚书、文华殿大学士、太子太傅等职。作为官吏，他秉承父亲蒋伊、祖父蒋棻的为官之道，官场一帆风顺。作为学者，他饱学诗书，博览群书，博古通今。曾任《明史》总裁、《康熙字典》《古今图书集成》总纂官等职。他还是一位藏书家，其藏书楼"青铜轩"，藏有古籍万余册。他对古籍文献考证有浓厚的兴趣，并声名远扬。所以，皇帝钦定他编纂古籍文献，正是人尽其才。作为诗人，史学家对他有"为诗纵横变化，不名一家，而瓣香则归白傅……"（白傅即白居易）的评价。蒋廷锡现存的诗集包括《青桐轩诗集》六卷、《片云集》一卷、《西山爽气集》三卷、《破山集》一卷和《秋风集》一卷等。其题材广泛，有投赠诗、题画诗、送别诗、记游诗、闲情诗、怀古诗等。诗作被收录《江左十五子诗选》《国府诗》《晚晴簃诗汇》等。

井梧庭竹已秋风，唯有登临兴未穷。
高阁三层烟树里，青山一角夕阳中。
几竹雁齿斜城界，万井鱼鳞碧瓦丛。

眼力微茫天地阔，两湖如镜漾晴空。

这首《西城晚步用侄涧韵寄怀雨亭》，是蒋廷锡步蒋涧诗韵，写家乡常熟城西的美景。状物写景，逸兴寄怀，语境开阔，是作者从京城回家休假时作。蒋廷锡也有不少咏史及体恤社会下层百姓的诗歌，这在《江左十五子诗选》中可见一斑。如《读汉书八首》《南朝四首》《六荒诗六首》，及一些深受白居易诗歌影响、反映民众生存境遇的长歌。而作为清代著名画家，他还留存有大量的题画诗。让我们在欣赏他画作的同时，兼赏他秀气的书法及清丽的诗句。如他的《牡丹百咏》等，均为七言律诗，缀句艳丽，写尽国色天香百态千娇。试看落笔第一首：

素云分影一枝新，对镜临波只此身。
天上重楼初架玉，海中双阁总铺银。
霓裳原不成单舞，姑射如何有两人。
堪笑臭兰连璧句，未曾吟咏太平春。

纵观蒋家五代，家家书香满室，写诗作画者众，且多有建树。蒋家全盛的时代，正是清朝的康雍乾盛世时期。

古城常熟的文化气象蜚声南北，主要是明代以后通过一大批文学家、藏书家、出版家、古琴家，及诗人学士的创作实践和弘扬来完成的。如钱谦益、柳如是夫妇，藏书家脉望馆主人赵用贤、赵琦美父子，毛晋家族，严讷、严天池父子等。在他们的身边，团聚了一大批江南以及国内著名的文人雅士。这种耕读传家的浓郁氛围，在社会安定、政治清明的时期就会培育出崇文尚教的风气和考取功名的志向。这种现象，集中体现在蒋棻家族的代代相传中。

三

燕园，是江南古城常熟现存最完整的清代园林，2013年入选第七批全国重点文物保护单位，为乾隆年间台湾知府蒋元枢所建。它地处老城区中心的辛峰巷，在蒋伊与两个儿子蒋陈锡、蒋廷锡家族聚居地的东南。现在已无从考证蒋元枢原来的宅院在何处，但可以肯定，当年他的父亲雍正八年二甲第一名进士、东阁大学士兼户部尚书、花鸟画家蒋溥的子孙们，也一定是聚居在这一带的。在蒋溥的六个儿子中，除大儿子蒋楫高中乾隆十六年（1751年）进士外，其余五个均当过县丞、知州、布政史等，而作为第四子蒋元枢，则更是青史留名，至今还一直让人念及。

蒋元枢（1738年—1781年），清乾隆二十四年（1759年）考中举人后，他在朝廷为官的父亲，为他捐了个知县官职。后被派往福建，担任过惠安、仙游、崇安、建阳、晋江等地的知县。由于他勤政为民，政绩突出，升任同知（知府副职），并驻防厦门。乾隆三十九年（1775年）十二月，福建巡抚余文仪等向乾隆皇帝举荐,蒋元枢升任台湾知府。次年四月到任,三年后卸任,回到福建任台澎观察使兼学政,直到乾隆四十六年三月十八日病逝于任上,后归葬于常熟虞山北麓。

从官职上来讲,蒋元枢与其父亲蒋溥、祖父蒋廷锡、曾祖父蒋伊,以及众多的直系旁系亲属相比,官位并不显赫。但政绩上却独树一帜,多有建树。这主要体现在他任台湾知府三年零二个月的任上。

蒋元枢接任知府时,已在官场上历练了十六年,从政经验非常丰富。在台湾任上三年多,他办了许多勤政为民的实事,如巩固海防,修建城池楼堞、炮台等。他扩建道路桥梁,建军工厂,造航行灯塔,并倡导崇文施教,兴建学宫、庙宇等。他在位做的实事工程,一是针对海盗加强防御;二是为百姓生活生产提供各种方便。他绘制的《重修台郡各建筑图说》,图文并茂,详尽规划建设了台湾四十多处重要建筑,为后世留下了许多珍贵遗产。所以离任后,台湾的民众对他念念不忘,为他立德政碑,把他住的地方改为"原知府蒋元枢之生祠"。直到现在,蒋元枢在台湾的影响依然深广,民众有一首诗纪念他:

莅任千余日,万民获复苏。
人文日昌明,尤念蒋公子。

因为他祖父蒋廷锡、父亲蒋溥都是相国，他是相国之子，所以人们称他为"蒋公子"。蒋元枢为台湾人民做了许多实事、好事，所以如今两岸的百姓一直惦记挂念着他。

乾隆四十五年（1780年），已经离任台湾知府、在福建任台澎观察使兼学政的蒋元枢，在父亲的表兄蒋泂府第隔壁的祖地上，开辟了一个园林。乾隆时期，常熟私家园林众多。一般的大户人家，除了在住宅后面修建后花园，还有就近或别处另购土地，兴建亦住、亦玩、亦对外免费开放的园林。这种风气，早在明隆庆年间，监察御史钱岱在常熟城区建造宏大的仿唐代王维辋川二十景的"小辋川"，就成为时尚。查考常熟的园林历史，有记载的有规模的私家园林，魏晋南北朝时期是舍宅为寺的寺院，共有四家，著名的是建于梁代的破山寺，后称兴福寺。唐代诗人常建到此一游后，曾吟诗一首《题破山寺后禅院》，名传千古。寺院一般都建在风景秀丽的地方，或山林，或城郭，或乡野，融佛教文化、自然风光、人文景观于一体，成为人们朝拜、游憩的场所。文人墨客为此留下了无数的清词丽句、瀚墨书香。常熟园林自梁代发端后，到了明清一发不可收拾。仅从魏嘉瓒所编的《苏州历代园林录》中，就查到了常熟自梁代至清代有据可查的园林八十处。明清两朝，明代有四十家，清代有三十家。所以，到了台湾知府蒋元枢时，他就有了主客观两方面都具备的条件来建造私家园林了。客观上，他生活成长的地方，就是人文历史丰厚之所。城南的祖居之地，原本是明隆庆监察御史钱岱的"小辋川"故地，被他的祖父蒋棻买下后，东面扩展成城南蒋家的集中居住地。现在的曾园及之园，就是他家的东花园。而城北的半野园故地，本来就是钱谦益、柳如是生活过的半野堂、绛云楼住宅式园林，他从小就是在他们的故事里长大的。主观上，他自己的连片房屋，从父亲蒋溥，到他的爷爷蒋廷锡，甚至爷爷的父亲蒋伊等，都是生活在这种江南古城历史文化环境里的。他们的祖产，曾占据了常熟自宋代开始真正成为市井、自明以后成为世家宅院的近十条街巷。另外，他为官二十多年，薪俸收入也不菲。时谚就有"三年清知府，十万雪花银"之说。因此，蒋元枢回到家乡，买下了蒋洞东边的那块已经属于湖北黄梅知县方益的别业"峰谷泉源"，规划建造了这处至今常熟保存最完整的古典私家园林。它坐落的辛峰巷，顾名思义是一条因能够望得见翼然于江南名山虞山顶上的亭子——辛峰亭而得名的巷子。巷宽五丈，东西横向。东接唐代开凿的运河琴川河沿岸古道，西抵虞山脚下。南面是成片的明清民宅和深巷。北靠琴川七弦之第五弦河道。占地四亩多的燕园，集中代表了江南园林的造园艺术。看里面建筑的名字就知道意境高远，精巧绝伦——五之堂、赏诗阁、天际归舟、三婵室、童初仙馆、诗境、引胜岩、过云桥、绿转廊、竹里行厨等，共有燕园十六景。据载，蒋元枢造园时，用料极其讲究。窗棂栏槛均采用紫檀、楠木雕刻而成。种下老树新竹，四季花开不断，绿叶常青。可惜只三年，蒋元枢就病逝于福建任上。他去世后，燕园被长子蒋继煃于道光九年（1829）因赌博输钱，贱卖给了蒋元枢族侄、泰安县令蒋因培。蒋因培买下燕园后，重加修整，并请叠石名家延陵（常州）戈裕良用虞山上的黄石，在园子中堆叠成一座如虞山般横卧的假山，取名"燕谷"。这座假山，在中国造园史上占有一席之地，它是戈裕良存世仅有的两座代表作之一。土石结合，中空幽深曲折。假山上面，亭桥花木，老树虬枝，悬崖深谷。山下洞口处，清流静照，犹渔歌唱晚；阡陌野旷，如江南沃土。自此，由蒋元枢初建、蒋因培扩建的江南名园"燕园"，更加完美地体现了江南造园艺术的精髓，成为中国造园艺术史上以小见大的经典之作，从而载入史册。道光十九年（1839年），早已归里，赋闲在燕园寄情诗酒生活的蒋因培去世。八年后，园子被后人卖给了常熟"八大家族"的另一家归家的后人知县归子瑾。但到了光绪年间，又被蒋元枢玄孙蒋鸿逵购得。时间不长，到了1908年，燕园又为首任光绪外务部郎中，曾与曾朴一起在京同读法文的张鸿所得。在古城的这个僻静之所，自号"燕谷老人"的张鸿，为过世的好友曾朴，续写了反映晚清现实社会生活史的近代文学名著《续孽海花》。燕园，完成了它的精神归依，成为蒋家自清朝以来一个家族兴衰的绝响。它其后的境遇和现实的重光，何尝不是一个时代的缩影呢！进入二十世纪五十年代后，燕园从园林变成工厂，又从工厂回到了园林，最终成为全国重点文物保护单位。从此，它才真正完成了蜕变与升华，成为蒋家家族留给古城的骄傲，和百姓游览观赏的地方。它闪耀出的，是一个城市历史文化现实存在的光芒。

四

常熟的家族现象，自明代以后的确是可以大书特书的。挖掘八大家族的成因和历史取向，都是在雄厚的经济支撑下的文化供养。其实，这也是社会环境、习惯、风气等，所共同孕育出的一种生活方式。有史记载的蒋家高祖，晚明崇祯十年进士蒋棻，生活于明代晚期江南社会相对安定的时期。当年的蒋棻所交往的朋友，就是在常熟的钱谦益、柳如是、毛晋等，以及太仓吴伟业、张溥等一批文名远扬的人物。江南烟雨养育出的就是文人墨客、诗书世家。环境和氛围是影响人生发展的重要因素。"崇文、尚和"，历来是吴文化重要发祥地常熟的城市精神。明清交替的时代，是江南士族阶层痛苦、嬗变的时代。当追求功名的希望破灭，或显得渺茫时，他们就放弃功名，凭着丰厚的家学渊源沉湎于墨香书海，因此，形成了诗书传家的传统。钱谦益、毛晋如此，蒋棻如此，太仓吴伟业等等何不如此呢？进入康雍乾盛世以后，社会安定，百姓基本安居乐业，这些书香门第的子孙才又迎来考取功名、走向仕途的机遇。家族、城市也因之兴盛发达。

一个家族的背影会随着时代的变迁，慢慢变得模糊不清。枝繁叶茂的蒋家家族，也像常熟其他八大家族一样，已经散入这个城市和世界各地的茫茫人海,一代又一代,像融入大海的水滴。当我们回望一个家族的背影,静听着历史的涛声,面对当今多元、变幻、奋进、激昂,甚至恍惚的时代霓虹,又觉得在我们的生活中,似乎又缺却了什么,失去了什么,需要着什么。那一天,当我再次走进安静的燕园,走在它的围廊、假山、亭桥、戏阁,坐在空寂的花格窗的茶室里,喝着虞山上的碧螺春茶,望着竹影轻摇,听着浓荫蝉鸣,我又觉得这静谧的燕园,让我有了灵魂的安顿,它那历史的一脉余香,仍荡漾在古城的空气里……

一个家族的背影依然清晰。

屏外春江多少路
——杨云史记略

光绪十八年（1892年），十八岁的杨云史娶了李鸿章长子李经方的独生女李道清，可谓门当户对。李家的声名显赫自然不必说，杨家也是江南有名的望族，是常熟"翁庞杨季归言屈蒋"八大家族之一。

江南的士族，历来耕读持家、诗书传家。康熙初年，杨氏家族自松江府青浦迁居常熟后，勤耕重教，逐渐兴盛发达，家族开枝散叶。到清代中期，科举入仕者众，而且英才辈出，名重江南。其中，书法家、画家、诗人、学者代有传人，声名远播者如杨沂孙、杨泗孙、杨云史等。

杨云史的父亲杨崇伊，是光绪六年进士，授编修，历任都察院广西道监察御史、陕西汉中知府，并权陕西兵备道。母亲是虚廓园（现曾园）主人曾之撰的妹妹，也是《孽海花》作者曾朴的姑母。杨云史八岁离开常熟到在京为官的父亲身边生活。在父亲的安排下，他博览群书、系统研习经史子集，诗歌文章既有江南的灵秀，又有北派的豪气，清雅脱俗，神韵非凡，享誉京城。京城把他与元和汪荣宝、江阴何震彝、常熟翁之润一起，并称为"江南四公子"。

李鸿章能把长孙女嫁给杨云史，除了因为杨崇伊是他得力的政坛同道，更在于杨云史少壮有为，有旷世才情。试看他年少时的一首《清平乐·春别》：

最无凭据，相忆销魂处。青琐裁衣深夜语，一树梨花疏雨。

天涯芳草初酣，客中送客何堪。帘外一天春水，杜鹃声里江南。

此词一出，时人皆惊。能写出如此清丽脱俗、缱绻幽远的好词，在晚清的文坛似乎还没有第二人。于是，"杨杜鹃"的美名从此传开。

一

杨云史（1875年—1941年），本名杨朝庆，一名杨圻，江苏常熟人。他十五岁通读儒家经典典籍，未及弱冠就娶了才女李道清，成为李鸿章长子、外务部左侍郎李经方的乘龙快婿。

结婚以后的杨云史，生活无忧，意气风发。他住在天津李鸿章府中时，与李鸿章的幕僚、近代著名诗人范肯堂经常在一起读书写诗，沉醉词海。其实，杨云史夫人李道清也擅长诗词，还比他早几年出过词集《饮露词》。他俩天津、常熟往返居住，兼带扬州、杭州游玩。在扬州平山堂的一次宴聚中，他遇到了蒋檀青。这个昔日咸丰朝的御用乐师，曾经名满京城。大户人家宴请宾客，都以能请到他为荣。蒋檀青经历了咸丰十年（1860年）英法联军入侵北京，咸丰仓皇出逃病死承德避暑山庄的过程。失去了依靠的他流落到了江淮地区，成为街头卖唱的艺人。而这时的杨云史，也经过了甲午海战失败、李鸿章打造经营的北洋水师全军覆没，日军占领了九连城、大连、旅顺的惨痛。作为李鸿章孙女婿，他深切体会到了丧权辱国的耻辱。特别是岳父李经方陪同岳祖父李鸿章代表清廷赴日艰难谈判，签订了屈辱的《马关条约》，同样影响了他对家国的思索和诗歌创作。在遇见蒋檀青两年后，他写下了这首七言古体长诗《檀青引》及传。皇皇巨构，叹名伶身世，叙一朝兴亡。通过蒋檀青的人生际遇、圆明园的被毁，寄托家国之恨。词意畅白，沉郁顿挫，哀怨苍凉。时人评价其文采情怀都不输白居易的《琵琶行》，成为学界称颂、坊间伶人曲工经常传唱的名曲，声播海内。诗太长，且引一段共赏：

……
高台置酒雨溟溟，贺老弹词不忍听。
二十五弦无限恨，白头犹见蒋檀青。

雕栏风暖凝丝竹,筵上惊闻朝元曲。
其时雨脚带春潮,江南江北千山绿。
……
糊口江淮四十年,清明寒食飞花天。
春江酒店青山路,一曲《霓裳》卖一钱。
君问飘零感君意,含情弹出宫中事。
乱后相逢问太平,咸丰旧恨今犹记。
怜尔依稀事两朝,千秋万岁恨迢迢。
至今烟月千门锁,天上人间两寂寥。

如果说杨云史以前创作的诗歌带着江南的婉约和秀丽,那么,《檀青引》的出现,则是他转向沉郁、关注社会与人生命运的开始。

光绪二十八年(1902年),顺天乡试开闱了。二十八岁,满腹经纶的杨云史中了南元。清代的科举,乡试分南北两闱。规定北闱顺天府举人第一名解元,必须归直隶省籍的人。其他省籍的人,文章写得再好,也只能列第二名,称之为"南元"。此时的杨云史,已经历了二十一岁考秀才、当上詹事府主薄和二十六岁爱妻李道清病逝两次重要的人生变故。而他二十五岁刊印的词集《玉龙词》,则为他在南北诗词界奠定了地位。考上南元后,杨云史就被委以邮传部郎中,成为岳父、邮传部左侍郎李经方的属下。但杨云史干了一段时间就不干了。李经方看出了他的心思,爱女的过早离世,让丧妻的杨云史一直走不出悲伤的境地。他主动做媒，把同僚、在扬州任漕运总督的徐文达女儿徐檀（字霞客）介绍给他继配。婚礼在扬州举行，这倒不是徐文达的缘故，而是杨云史的父亲杨崇伊在扬州亦有别业。一个是江东才子，一个是富家千金。貌美温顺的霞客夫人，同前妻一样是个才女。在扬州居住的两年多，夫妻恩爱，诗书相和。直到杨崇伊卸任汉中知府回到家乡常熟，才携妻回到故里。

二

常熟杨家故宅在北境的恬庄，二十世纪五十年代末，划建沙洲县（今张家港市）时被分割出去。恬庄是块风水宝地，它从一个村庄发展成如今的历史文化名镇，全凭了明清时期常熟几个大家族的聚居，以及丰厚文化底蕴的影响。边上的凤凰山，山不高，但有南朝四百八十寺之一的永庆寺，它沿山坡而上的庙宇，高旷宏伟、梵音馨香。地方志载，明代至清代的钱岱、钱谦益，以及蒋棻、蒋伊、蒋陈锡、蒋廷锡家族，在恬庄周边也有别业，并留下生活的轨迹。清中期后，恬庄就是杨氏家族的一个根。杨氏家族在这里开枝散叶，名震一方，在文坛、政界都取得了巨大成功。杨云史的祖父杨汝孙的大哥杨沂孙是著名书法家，官至安徽凤阳知府。二哥杨泗孙，咸丰二年榜眼，授翰林院编修，官至太常寺少卿。杨汝孙无声名，仅为廪贡生，候选训导。但他的大儿子杨崇

伊，也就是杨云史父亲，却史册留名，是一个很有争议的人物。这主要是"戊戌变法"时，他上书慈禧，弹劾康有为、梁启超，以及"六君子"，并要求慈禧太后亲政一事，直接导致了"六君子"被杀，康、梁出逃，变法失败。

杨崇伊二十岁中举，二十七岁报捐了内阁中书，因参与为慈安修建万年吉地有功，才真正进入朝廷视野；三十岁考中进士后，官路就畅通了，直至被授监察御史。因此，他在祖居地恬庄并没有实际的房产。这次自汉中回常熟，也是奉命赴苏州任督销一职回家小住。到了常熟，全家就暂住在妻子曾夫人哥哥的大宅园虚廓园。杨云史自二十一岁回来过一次后，匆匆十年过去了。临时住在舅舅家空旷的园子里，夜阑人静，文思泉涌。他填了两阕词以记之，其中一首《谒金门·曾氏池夜起》写道：

香篝灭，睡起一天秋月。荷气暗飘清梦彻，隔江人怨别。

独望长河愁绝，玉露金风吹骨。欲采芙蓉烟水阔，相思相见说。

这分明是对景伤情，怀念十年前与亡妻李道清一起回乡时的美好时光。

光绪三十三年（1907年），李经方再次赴英国出任钦差大臣。他举荐杨云史同行，得到皇上恩准。杨云史携第二任妻子徐霞客随行担任秘书，配合处理外务文案。那一年，他三十三岁。

如果说杨云史的成长，离不开自己的天赋与江南水乡的浸润，以及浓郁的家族文化氛围的熏陶。他的祖辈，几代人朝廷为官，写诗作文，出过许多书。光绪二十二年（1896年），时值二十二岁的杨云史进入京师同文馆学习英文。他的表兄曾朴与同乡张鸿，也同时在那里学习法文。这无疑给他们的学贯中西打下了坚实的基础。

黄海海战的失败、八国联军的入侵刺痛了每个爱国男儿的心，也让杨云史看到了国家的差距。在英国，他在外交经验十分丰富的李经方带领下，得到了重要的人生历练。次年，他被朝廷委以重任，派到新加坡担任了驻守南洋的领事。独当一面的外交官生涯，对他产生了深刻的影响。中国需要改变，但不是他父亲上疏慈禧太后，弹劾康有为、梁启超维新变法，要求慈禧亲政的那种倒退。他已经兼具了资产阶级民主革命的思想，所以，当孙中山避难到他的领事馆遇到危险时，他才会做出让孙中山秘密离开的义举。他还成立公司，种植橡胶林，经营起了橡胶产业。一个生活在末代封建帝制下，以诗书传家、仕途发展的士子，做起毫无经验的资本生产经营，失败是可想而知的。他资不抵债时，只好回国返家，寻求母亲的帮助还债，最终破产充公了结。

三

1911年，辛亥革命爆发，推翻了清朝的统治。时局动荡，身在南洋六年领事任上的杨云史，成为无根之萍，飘荡了月余。中华民国临时大总统袁世凯向他发电报，让他回国聘他为顾问，但被他婉言谢绝了。袁世凯又让他继续担任驻南洋的总领事，但他考虑再三还是回绝。他携妻徐霞客回到了常熟，跟着母亲一起，再次住进了城西舅舅家空旷的园林——虚廓园，这一住就是七年。

始建于光绪九年（1883年），经过十一年建设才完成的虚廓园，是刑部郎中曾之撰，在明代隆庆年监察御史钱岱所建的小辋川遗址上建造起来的。它背靠虞山，面对城墙内外护城河，占地二十亩，曲池风荷，围廊亭榭，华屋假山，精心打造。移步换景，诗意隽永。请看曾之撰给它们的命名——虚廓村居、竹里馆、归耕课读庐、琼玉楼、梅花山房、揽月亭、邀月轩……溪桥柳堤，荷塘云影，疏朗旷达。杨云史入住时，曾之撰夫妇早已去世十多年，其子曾朴也举家从上海迁往南京，担任新政府的省议员及财政厅厅长、政务厅厅长等职。闲置的园林成了杨云史的乐园，他把它改名叫"石花林"。对园林稍作修葺，把其中的琼玉楼改称"江山万里楼"，其他诸景也被他改称为梅花田、杨柳天、松下房栊、风潭、鹿岩、笑滩、鹤岗、锦绣谷，等等，过起了自由自在的书香诗酒潇潇生活。

石花林的七年，是杨云史心绪最安静的时期。父亲杨崇伊过世已经两年，他陪伴母亲享受着祖辈家产的庇荫，一切无忧无虑。与李道清生的三男四女，除了第三个男孩亡故，其余都已长大了。他与徐霞客结婚后又生的两个儿子，愈发可爱。偌大的园林就是孩子们的乐园，他母亲就是护佑孩子们成长的神明。孩子们在新式教育已经非常发达的常熟中西学堂及女校就读，作为父亲的杨云史，反而没有投入多少精力去照顾自己的孩子。他和夫人同游石花林附近虞山诸景，或雇一条船出西门，去领略湖甸烟雨、水廓村居、寥廓尚湖，沉醉不知归路。江南田野和山水城一体的风光，夫妇俩甜蜜的行踪、快乐的心情，都在他的诗歌里得到体现。轻柔平和，旷达幽远。查阅他这一时期的创作，仅写石花林的诗歌，就有《石花林杂咏》五绝十七首。他在序中说，这是仿王维辋川杂咏而作，他仿佛又回到了"杨杜鹃"的时代。

　　斐几坐清昼，妇子笑于房。
　　花气熏人暖，闲庭春日长。
　　　　　　　　　　——《寿而康室》

好一幅融融春日幸福家庭生活图！

　　西坞数亩地，种梅百余树。
　　二三十年前，童子扫雪处。
　　　　　　　　　　——《梅花田》

今天,那处梅林还在。杨云史当年改名"梅花田"后,回想起年幼时在此玩耍的情景,历历在目。

> 山石路牵确,人来红叶响。
> 疏林向晚明,夕阳栅栏上。
>
> ——《鹿岩》

这是依照王维《鹿柴》所作,同工异曲,让人在宁静中感受到生命的存在与自然的和谐,岁月静好。

杨云史把这处园林当作自己的精神寄托了。当年大明万历年间,监察御史钱岱归隐故里,在这里修建了仿王维辋川二十景的"小辋川"时,就是迷恋王维的隐逸生活。但钱岱只是一个官僚,充其量是个财主而已。钱岱的"小辋川",虽然占据了当时常熟城城区的十分之一还多的地,可谓华屋高堂,曲池连廊,日日笙歌,夜夜舞影,但他的精神世界是无法接通大唐诗佛王维的任何信息的。没想到四百多年后的故址上,来了一位灵魂深处与王维十分吻合的诗人在此安居,这难道只是巧合吗?

杨云史似乎变成了一个对现实漠不关心的人,他沉浸在避世的园林中,神会着千年前隐逸在终南山辋川的王摩诘,优哉游哉,或江浙一带游玩,或经安徽过江西越河南,绿野仙踪,寻访唐宋遗迹。仔细阅读杨云史这一时期的诗歌,透过他隐居的快乐，我隐隐觉察了他的无奈。其实，他只是在蛰伏，也是在涅槃。一个朝代的结束，让所有的家族荣耀不再辉煌延续，满腹经纶才情横溢的杨圻杨云史在等待，等待生命中另一番景象的出现。

1917年，杨云史的母亲去世了。原本居住的虚廓园，尽管被他改名叫石花林，且已经住了多年，但这园林毕竟是舅舅家的。舅舅不在表兄在，而且表兄曾朴也有思归之意，总究不能鸠占鹊巢，长此住下去。母亲在世时，他已在虚廓园东边不远处的九万圩购买了一块地，按照西式建筑的风格，造了一幢洋楼几处辅房，广植了许多名树佳木。当然，喜欢咏梅画梅的他，还种了十八棵红梅绿梅，大的树高过了屋檐。

1919年秋天，正是江南桂香菊放时节，杨云史举家搬迁到了新居，他还是把它叫作"石花林"，居住的洋楼叫"花木房栊"。新石花林亦背靠虞山，坐北朝南，庭院深广。开门是路，路对面是护成内河，河对岸就是明代高筑的青砖城墙。从东往西，逶迤高耸，直达北边的虞山之巅。边上农田村舍，垂柳阡陌。东边不远处，是清代大学士翁心存之孙、安徽巡抚翁同书之子，也就是两代帝师翁同龢之侄翁曾桂在光绪年所建的"之园"，当地人习惯称翁家花园。翁曾桂还是在刑部侍郎任上，因审理杨乃武与小白菜一案而扬名，后任浙江布政使。而往西不远，就是他与家人生活过七年的虚廓园。家道中落的杨云史，能拥这样一处休养生息的地方，已经实属

不易。家眷孩子、管家佣人，一切靠祖上留下的田产勉强维持着日常生活，他已经没有了往日的潇洒。

四

二十世纪二十年代初的中国，自推翻清朝统治后，并未形成真正的国家统一。北洋政府直系、皖系、奉系军阀割据，战火四起。南有孙传芳，中有吴佩孚，东北张作霖等各雄居一方。至于大大小小的各种地方势力，也在风起云涌的历史大舞台上，扮演着各自的角色。熟读经史，蛰居在江南常熟的杨云史，似乎感觉到了这个群雄逐鹿的时代，他必定会有施展才华的机会。

1920年的春节到了，家家户户都有了新年的气氛。住在新石花林的杨云史、徐霞客夫妇，漫步在新居的院子里，感受着宁静与空阔。这里虽然不能与舅舅造的虚廓园相比，但清水砖砌成的法式洋楼，与中西结合的庭院，倒也更显出时代的特点和气象。新式教育成长下的孩子们，也非常适合这里的草坪、花林，以及廊棚房架藤萝攀缘的景象，他们迎着到处弥漫的春天气息，嬉闹着，快乐地窜来窜去。十八棵梅花老树新枝盛开，这是新居最早的春色。夫妻俩带着子女到苏州、杭州等各地游玩，时间匆匆过去了大半年。

金秋十月的一天，江西督军陈光远派人来到石花林，重金聘请杨云史出山当幕僚。作为直系军阀冯国璋的嫡系，陈光远在冯国璋任代总统期间，被领命江西，统一省之军政大权。对江西，杨云史并不陌生。他自星洲归家赋闲九年间，曾几度游历过。浔阳江边，匡庐顶上，南昌城中都留下了他的行踪。不久前，他还从浔阳东下，过安徽宣城、天门山而至南昌。或许，将近知天命之年的他，大半生以文为伍，更想在军旅生涯中一展身手，特别是经历了甲午、庚子之变的国仇家恨之后。所以，他打点行装，告别爱妻家小，离开了亲自打造的石花林家园，来到了南昌陈光远麾下，当起了陈督军的秘书长。乱世时期的民国，督军统领着地方的军队与政务，陈光远就是一个江西王。见过了英帝国世面、在东南亚外交舞台上独当一面过的杨云史，满腔热情地投身在他的帐下，一心想施展才华，助力军务。无奈发现陈光远不过是一个军阀而已，无法与自己所接受的民主思想和人生理念产生共鸣。特别是见到军阀之间的征战，并无正义与非正义之分，全凭势力抢地盘。当陈光远欲征伐张宗昌时，军事会议上杨云史投了反对票，认为两军交战只是害了无辜百姓。陈光远却认为杨云史书呆子气。打败张宗昌后，陈为阵亡官兵开追悼会，杨云史认为士兵死得不值得，写了一副挽联：公等都游侠儿，我也得幽燕气，可怜北去滞兰成，听鼙鼓连声，怆然出涕；醉后摩挲长剑，闲来收拾残棋，惭愧西来依刘表，看春江万里，别有伤心。

本来陈光远并未看出联中含义，他手下有个叫藏仓的人告状说，杨云史恃才自傲，将大帅比作刘表刘阿斗，陈光远

听了非常恼火。杨云史知道后觉得难于再待下去了,便向陈写了封告辞信说:

"圻江东下士,将军谬采虚声,致之幕府,时陪阎公之座,遂下陈蕃之榻,颇思尽其遇悃,有裨万一。得山妻徐书谓:园梅盛开,君胡不归?不禁他乡之感,复动思妇之情。清辉玉臂,未免有情,疏窗高影,亦复可念。清狂是其素性,故态亦之复萌,敢效季鹰烟波之请,乞徇林逋妻子之情,予以休暇,遂其山野,庶白云在山,靓妆相对,此中岁月,亦足为欢,则将之赐也。"

好个杨云史!把一封辞职信写得古朴典雅,引经据典,声情并茂,辞藻华丽。还说是家里的梅花开了,老婆想我让我回去,而自己也动了思妇之情。陈光远知道留不住他,派人送上一千元路费,谁知杨云史已经走了,细细算来,在陈处仅待了四个多月。自此,他的"见梅思妇"传为美谈。然而,他并没有直接回家。离开陈光远后一身轻松,杨云史去了九江的庐山等处一路游玩了两个月,问踪访古,写诗作词,逍遥自在。暮春时节回到虞山石花林家中,顿觉又回归到山林了,心情十分畅快,落笔写下两首五律,好让人艳羡的优哉游哉模样:

其一:

竹密不知午,门前车马稀。

一溪春水急,隔岸野花飞。

清露本香发，粉墙新月微。

故人携酒至，山翠满裳衣。

——《春暮还虞山园林》

其二：

还家理松菊，人事喜归真。

母健能忘老，妻贤不识贫。

加餐诗有力，闭目世无人。

尚有烟波舫，闲来试钓纶。

——《归虞山园林》

人生如果真的过着杨云史诗中的生活，那真是宁静美好的。但人们往往很少在壮年时代就能耐得住寂寞，总是要与社会、时代对接，融入缤纷多彩的，甚至是激荡起伏的世界中去。

1921年8月的一天，杨云史家里来了一位不速之客，他是吴佩孚所属直系的江西督军陈光远手下十二师军法处长潘毓桂。杨云史被陈光远请去当幕僚时，他与潘很熟悉。不过，这次潘毓桂来家，是为拥兵江汉的两湖巡阅使吴佩孚当说客，请云史去担任幕僚。说起吴佩孚，还真与常熟有渊源。在他自己认定的家传中说，本是吴地常熟仲雍之后，远祖季札封地延陵（常州），后来祖上迁居山东蓬莱。从仲雍至吴佩孚，已经是一百二十一代。或许是冥冥之中的定数，杨云史答应了这个后来成为大汉奸说客潘毓桂的游说，讲好只当幕僚，不入仕途。三个月后，杨云史一路风尘来到吴佩孚驻洛阳的军中，先任机要处长，不久转任秘书长。

这时的吴佩孚，挟直皖战争胜利的威风，兵强马壮，正图谋更大发展。直系的起家发展源于李鸿章的淮军，而请李鸿章的外孙女婿、江东才子杨云史到军中担任重要职务及自己的智囊，除了慕其名，还可能因为借其影响。军阀割据混战时代，能够请到具有多年外交经验的杨云史，或许有助于自己合纵连横、捭阖天下。其实，秀才出身的吴佩孚还有一种人生情怀，他除了写得一手好字，还作诗填词，颇显才情，这个因素也是他喜欢杨云史的重要原因。

幕僚是民国以前对秘书、参谋的称呼，但更具智囊的角色。他们紧随统帅、主人，担当助手，出谋划策，形影相随。因此，他们同样是历史的谱写者，或者是记录者。杨云史到达吴佩孚军中后，先担任的机要处长，既是吴佩孚的精心安排，也反映了他对杨云史的高度信任。熟悉军中事务，接触核心机密，是当好幕僚的必要条件。

初到吴佩孚处不久，就遇到征战，杨云史写下一首诗为记：

浔阳风水急，渺渺感余情。
战国谁为策，高秋得用兵。

清筇山上发,江火雨中明。

寇盗频年满,西川事可惊。

——《辛酉九月吴将军与川军战于宜昌江路戒严有感旧游》

诗人在战事中,想起了往日在陈光远幕府驻南昌时的情景,江火蔽天,吹角连营。面对当下社会的混乱,希望吴将军一战而平。与陈光远这种地方军阀不同,作为一方军事统帅的吴佩孚是秀才出身,有读书人的气质,杨云史与之有共同的爱好,在一起诗歌唱和,以文会友。

1923年,也就是民国十二年,是杨云史来到吴佩孚军中的第三年,也是吴佩孚人生最风光的时候。他驻扎的洛阳,一时成为全国的政治、军事中心。作为北洋政府的最高军事统帅,政府官员、各国使者、各省各地的军政要人,络绎不绝地前去拜访。中州道上,冠盖如云。为了接待来往宾客,吴佩孚特地在洛河边的司令部南面,修建了一所陈设华丽的西式砖瓦楼房。落成之时,吴佩孚欣然命笔,为新楼题名"继光楼",并书写了一副对联:"得志当为天下雨;论交须有古人风。""继光"二字的来历,吴佩孚称"吾乡蓬莱有先贤抗倭英雄戚继光,余景慕其人而欲继其余光"。拂去历史的尘埃,吴佩孚的爱国情操与民族气节为世人敬佩。抗战时期,由于他坚决拒绝与日本人合作,不做汉奸,才招致被日本人谋杀。杨云史正是在他的身上,切实感受到了许多优秀的人生品质,才走出了自己狭隘的个人世界,诗歌创作有了巨大的改变。许多军旅题材和对人生、社会、家国的思考,无不反映在他这一时期的诗歌创作中。

> 长叹从军去,西来浩荡行。
> 关山趋史迹,风雨入诗声。
> 江色生灯火,秋光带甲兵。
> 将军如有意,第一是苍生。

这首《吴将军自宜昌见招遂西行》,无疑也会给吴佩孚带来触动和感染。

翻阅《江山万里楼诗词抄》,杨云史跟随吴佩孚时期,写下了大量的军旅诗篇。随军见闻、将士精神、百姓疾苦,它们都是时代的真实记录。即使是宾主酬唱,也是带着浓浓的爱国爱民情怀。本来,扬云史的诗歌直接吸取的是唐诗的营养。他师法李杜,拟古而不拘于古。但岷山脚下,洛伊河边四年的军营生活,却让他的诗歌多了一些边塞诗风的沉郁。那一天,热闹的军营安静下来了,洛阳城笼罩在一片夜色中,他又想起了曾经显赫的家族和已经结束的清王朝。清朝的统治被推翻后,国家反而一直处在军阀割据的混战中。在这样的局面下,他紧随吴佩孚,也算是跟对了人。北洋政府的直系军队兵强马壮,坐镇中原,看上去有一统天下的气势。他从吴大帅的威仪上,想到万国来朝的气象,想到了康乾的盛世，想到了乾隆皇帝喜欢的那个女子——香妃。他提笔记下了洋洋千言的笔记，并一气呵成写下了近两千字的长诗《天山曲》。它像中国诗坛的一道彩虹，映照出了中国古体诗歌的最后盛宴。

吴佩孚50大寿庆贺的喜帖，是杨云史负责安排书写并发送的。时值四月，洛阳城披上了盛装，特别布置的两千盆牡丹花，把洛、伊河边的军营也装点得姹紫嫣红。吴佩孚居住的洋楼，以及两边的继光楼、无梁殿，更是喜气升腾。张謇来了，康有为来了，四面八方的宾客竟来了七百多人。杨云史见到康有为，多少有些不自在。当年，他的父亲杨崇伊反对变法，上奏慈禧弹劾康有为、梁启超以及六君子，导致变法失败，康、梁出逃，六君子被杀，死者中还有康有为的弟弟康广仁。但康有为很大度，说"此往事耳，政见各行其志，何足介意。况君忠义之士，何忍失之？愿与君订交……"并称杨云史的长诗为"诗史"。杨云史为康有为的大度豁达而由衷钦佩。他们开始了诗书交往，在吴佩孚的寿庆结束后，又一起游览山川之胜，一路写了不少诗篇。其实，康有为对常熟是很有感情的。作为维新变法的倡导者，他离不开光绪帝的老师、大学士常熟翁同龢的支持，翁还起草了变法诏书。变法失败，光绪被禁，年事已高的翁同龢被开缺回籍。1918年，康有为出逃日本回来后，专程到了帝师故里常熟。其时，杨云史也在他的石花林大花园读书、写字、做文章。他们两人见没见面，没有文字记载。从吴佩孚寿庆上相遇的情况看，他们以前应该没什么联系。康有为去了千年古刹兴福寺，一则是唐代诗人常建的"曲径通幽处，禅房花木深"吸引着他，二则是顺便寻访了一下变法时起到关键作用的恩师翁同龢的老宅与足迹。在兴福寺，他留下了一首墨宝《游兴福寺》：

千载破山兴福寺，
六朝栝桂郁云烟。
老僧圆塔伤花落，
潭影空人更怆然。

在梵音钟声中，显然康有为又想起了维新往事和未竟的事业。这次，如果他知道杨云史在常熟，且与翁家故居相距不远，两人相见也未可知。如是，中国现代文化史上又会增加一段佳话。

从1923年到1924年初，杨云史趁着军中这两年的平静，把自己所写的诗词整理完成，编成厚厚一集。他想起个书名，自己虽身在中原，但眼前映见的，尽是江南故乡的山水画卷，和生活过七年，留下了无数美好回忆、写下了许多诗篇的石花林大花园，以及居住的那幢望得见虞山、看得到城墙与漠漠的江南古城。思念着曲院风荷，围廊幽长，假山重叠，村居虚廓……都蜂涌入怀的"江山万里楼"！他把他的诗词集定名为《江山万里楼诗词钞》，秀才吴佩孚理所当然执笔作序。康有为闻知也欣然作序，又题写了书名，并写下"绝代江山"四个大字。

对杨云史的诗歌,吴佩孚除了倾慕与喜爱,还操弄笔墨相互赠诗。在《吴佩孚诗集》中,有不少诗歌是直接写给杨云史的。他还跟杨云史学画梅花,而且画得相当有水准。而康有为作为"诗界革命"的巨子,对杨云史诗歌的关注现实、言之有物、同情下层百姓的思想情感十分颂扬。这些,也和他所提倡的诗歌主张十分吻合。所以,他俩才会成为莫逆之交。

但是,书稿编好尚未付印,就发生了第二次直奉战争。张作霖率奉军15万人分路从山海关(榆关)、赤峰、承德方向,攻击吴佩孚的直系军队。吴佩孚被总统曹锟任命为讨逆军总司令,率20万人依托长城组织防御。双方打得难解难分之际,直军第三军司令冯玉祥倒戈,率部占领北京,推翻了总统曹锟的统治,成立了中华民国国民军,并与张作霖联合打败了吴佩孚。吴只率领残部2000人从塘沽登上舰船南逃。张作霖、冯玉祥推举段祺瑞当上了北洋政府的临时执政,政权落入奉系军阀手中。

这一时期,作为吴佩孚秘书长的杨云史,自然跟着大帅征战,直至溃败而逃。动荡之际,哪有心思去出书呢!诗稿由妻徐霞客避乱从洛阳带到北京,又因冯玉祥倒戈,从北京带回到了常熟石花林。1925年夏天,与吴佩孚避居在岳阳江村的杨云史得病,妻子徐霞客带着诗稿前往陪护。后来,诗集又经夫妻俩修订,于年底才完成终稿。1926年,在吴佩孚的出资下，中华书局出版了《江山万里楼诗词钞》，收有杨云史二十岁到五十岁所写的大部分诗歌十三卷、词四卷，并附收前妻李道清所写的词《饮露集》一卷。虽然，中国的文化界已是新文学当道，但此书的出版，在社会上以及学界还是引起了很大的反响和震动。成名已久的杨云史，又一次让二十世纪的人们记住了他，同时，也记住了他曾经居住过的、魂牵梦绕的江山万里楼和石花林！

五

杨云史居住了七年（1911年—1919年）的石花林（曾氏虚廓园），坐落在常熟城的西南面，如今叫曾园。当年，刑部郎中曾之撰买下这块地时，因为受到战火的摧残和时光的冲刷，原来明隆庆监察御史钱岱参照王维辋川二十景建造的江南名园小辋川，已经只剩下一片破败的景象。除他买下中间的区域，西边的一片，在清代嘉庆年间被吴峻基买去构园，名水壶园，又叫水吾园。咸丰十年（1860年）被太平军焚毁，到同光年间，被赵烈文所得，易名静园，俗称赵吾园，民国后归盛宣怀所有，更名为宁静莲社，今仍称赵园，与曾园连在了一起。小辋川遗址东边的一部分，被翁同龢之侄浙江布政使翁曾桂在光绪年间买下后，建成了翁家花园，称为之园。二十世纪五十年代，在翁家花园遗址上建了第一人民医院，之园的水系部分，成为医院内的一个休闲景观。

第二次直奉战争失败后，杨云史跟着吴佩孚一荣俱荣，一衰俱衰。1925年8月，在湖南岳阳的杨云史，正要随吴佩孚赴山海关督师之际，第二任妻子徐霞客病逝了。两次丧妻的打击，让杨云史悲痛欲绝。但军务在身，第二天草草料理好后事，他就出发随军从行了。"从此潇湘好烟月，一生肠断岳州楼。"三月份才从北京寓所赶来夫妻团聚的徐霞客，去年以来身体一直不好。去年二月，杨云史曾回到常熟石花林家里陪伴了几个月，病情好转后，就一起回到洛阳军中。不料直奉战事又起，瘦弱的徐夫人怎能经得起颠沛流离，病情加重了。儿子杨丰祚、杨贞祚得知母亲病了，赶到岳阳探望，与母亲见上了最后一面。

这时的杨云史，诗书共进，声名鹊起。无奈两任妻子都红颜薄命早逝，这对他的精神打击是巨大的。他写下了大量给亡妻的诗词，辑成《中原记痛诗》《云史悼亡五种》《哀思集》等，足见深情。

1927年的中国，动荡的军阀混战已经消耗了各方势力。吴佩孚早已由强转弱，勉力支撑着以武汉、郑州等长江流域势力范围的危局。张作霖暂时处于强势，成为北京政府的支撑者。但是，南方广东的国民革命军，经过黄埔军校的培养，已经呈燎原之势。国共合作的北伐军一路势如破竹。吴佩孚的联军，无力抵抗。汀泗桥一仗，两万直军被北伐部队打败。贺胜桥一战，彻底打掉了吴佩孚的气焰。直至攻下武汉，占领武昌城。吴佩孚西走白帝，辗转入川。战乱中，杨云史来不及跟上吴佩孚，在名妓陈美美的帮助下躲过一劫后，回到了江南常熟石花林家中。梅花又露出绿萼红颜，但已经物是人非，不觉感慨万千，写下几首诗来。他在丁卯早春还江南的歌行体《独归叹》中写道：

> 黄河春色来，游子惊异乡。
> 久困郑虢间，令我鬓发苍。
> ……
> 长揖辞豫州，东归道且长。
> 豁然见江水，开颜复彷徨。
> 间关趋里巷，入门心皇皇。
> 故妻化异物，爱子各一方。
> ……
> 我生重贫贱，所悲失糟糠。
> ……
> 忆昔出门时，携手登河梁。
> 同出不同归，思君入膏肓。
> 谁其伴君子，慰此门户伤。
> 生还意转苦，不如死战场。

而在《哭霞客于北山法华寺》《两妻叹》等诗中，夫妻之间的绵密之情与排遣不尽的思念失落，让人伤怀。的确，从小生长在大户人家的杨云史，人生都是一帆风顺的，而且出名很早。先后两位妻子都美而贤惠，才情横溢。

杨云史两度失去妻子，"前人与我同欢乐，后人与我共辛苦"（《两妻叹》）。当他回到常熟家里，面对"茶灶久不火，遗挂犹在墙……"自然就想到了"一榻摊书，煎茶相伴……"的两个妻子，十分忧伤。这时的石花林，在杨云史心中已经变成了对景伤情的场所，住在那里，眼前都是妻子的身影。奇石华屋，花木繁荫的石花林徒添了他的忧伤。

忽一日，刚在北京任安国军军团长的张学良寄来一函，希望杨云史去京，给他讲解唐代史学家吴兢的《贞观政要》。直奉大战后，奉系入主北京，少帅张学良便开始招募文人、政客。杨云史应召前往，打点行装北上北京。

初次见面，双方并不相投，杨云史便回到了北京家中，读书写字做诗会友郊游，倒也难得清闲了一段时间。转眼到了1928年的春天，张学良又邀他去军中担任幕僚，这次他一去就是三年。

在担任张学良的幕僚期间，杨云史经历了奉系的一系列大事，像奉系退出北京，皇姑屯事件张作霖身亡，东北易帜等。特别是在东北易帜中，具有丰富外交经验的杨云史，游刃有余地配合张学良处理与各国使团在东三省的事务，保境安民，整顿军务，并迎来了12月29日东三省的易帜，接受国民政府领导的历史性时刻。这段时间，杨云史的人生又有了改变，他遇到了他的第三位夫人——才女狄美男。后来，狄美男陪伴他走完了一生。

1931年9月8日夜，九一八事变发生。在日本关东军安排下，铁道"守备队"炸毁沈阳柳条湖附近日本所占的南满铁路路轨，并栽赃嫁祸于中国军队。日军以此为借口，炮轰沈阳北大营。由于张学良误判形势，不想把事态扩大，采取了不抵抗的政策，进攻八大营的300名日军，击溃了8000名东北军守军。日军一夜占领沈阳城等。张学良退到锦州，以寻求政治解决。在这样的时局下，杨云史只得带着狄美男回到了常熟的家中，从此再也没有见过张学良。

六

中国的抗日战争，从九一八事变开始东三省沦陷到抗战胜利，历十四年艰苦卓绝。这个阶段，一介书生杨云史也到了人生的晚年。

在石花林家里，有了狄美南的陪伴，平复了对前妻徐霞客的思念。江南山清水秀，石花林靠山临水、庭院清幽，有大量的藏书和名人字画、古玩，这让杨云史又回到了宁静的书斋生活。而上海、北平（国民政府已改北京为北平）的家居，杨云史也时有去小住。但江南的春天永远是他的眷恋！一生爱梅花的他，原本是想晚年做一个隐者，在生命中最喜欢的三个城市生活终老的。常熟是生他养他度过美好童年时光的地方；北京是他成长、考取功名、迎来人生丰硕的地方；上海是他中西交融、人生印证融合，也是子孙聚居的地方。

但 1932 年初，回到北平不久隐居的吴佩孚一个电报，又把他从常熟召到了北平。自从 1927 年与吴佩孚一别，已经五年多了。昔日宾主之间十分投契的相处，因战争离乱而各奔东西。当年若不是名妓陈美美的帮助，杨云史或许早已成为乱战中对方士兵的刀下鬼了。躲在陈美美的香闺里，失妻数年孤身一人的杨云史，在获得慰藉的同时，也为自己的境遇伤神。避居数月分别时，他送给陈美美几首绝句：

其一：
> 戎马经年衣满尘，
> 强欢暂醉暗伤神。
> 平生热泪黄金价，
> 只赠英雄与美人。

其二：
> 年年落魄又经年，
> 典尽春衣习醉眠。
> 天末生涯差强意，
> 将军厚我玉人怜。

如果说吴佩孚是知遇之恩，那陈美美则有救命之情。

具有强烈爱国情怀的杨云史，早在东北时期就对日本人的野心有着深切的感受。他作为张学良的幕僚，参与过不少对日方略的制定，也有过许多建议。为此，还埋下了日后的祸根。在北平，他与吴佩孚等一批朋友交往的同时，也一直关心着时局的变化，并通过手中的笔，抒发自己的爱国情怀。当日本人策动华北五省自治，想请吴佩孚出山担任伪职时，杨云史闻知，当即与妻子狄美男前往吴佩孚东城什景花园住所，劝阻他不要接受日本人的条件。以民族大义为重的吴佩孚拒绝了日本人，保持了晚节。1937年7月7日，卢沟桥事变爆发，杨云史的家乡常熟，也于1937年11月被日军攻陷。日寇从长江常熟段多处登陆时，中国军队英勇阻击，但终寡不敌众。他们边退边打，伤亡惨重，向环太湖方向撤退，以保卫南京。日军占领常熟城后，同时也侵占了杨云史的家——石花林。有个军官住进去七八天后，在杨云史的书房翻腾，发现了杨云史在东北张学良处时写的一本书，尚余二百册放在书柜里。在这本叫《打开说亮话》的书中，他针对沈阳之变日军占领东三省，劝说各党各军合力抗日。日本军官看见后大怒，认为杨云史是抗日分子，便命令士兵把石花林里的各类丰藏、财物，悉数搬运到了上海日军司令部，并一把火烧毁了杨云史精心建造、魂牵梦绕、留下了美好回忆的精神家园石花林！这一天，是1937年11月18日。而身在北平的杨云史还不知道家屋被毁，上海的子女也不敢告诉他。次年春日南归沪上与家人相聚时，才知道自己已无家可归。他忧愤难平，写下了一篇诗记——《记石花林之被焚》，详细叙述了家园的遭殃。其中诗这样写道：

> 人民城郭已全非，
> 漫道文章是祸机。
> 杜老诗书伤白首，
> 子猷门巷失乌衣。
> 面城莫赋花围住，
> 绕树难容鸟倦飞。
> 天下苍生在沟壑，
> 老夫何忍独歔欷。

日寇在常熟的暴行，岂止使杨云史的家没有了，他的表兄曾朴的家也被毁不少。据战后调查统计，曾朴家共被毁西式洋房18间、平房6间，石花林东边的翁家花园之园，也被日寇洗劫一空。常熟全境毁屋无数，损失惨重。据杨云史后代介绍，杨家家族在别处原本也有半条街的房子，因战乱全毁了。

石花林的毁灭，彻底掘去了杨云史及他家庭的根，也让他失去了一个魂牵梦绕的精神家园。他的梅花情结，他的美好安逸，他的江南乡愁……都因一个"家"字而依恋着、牵挂着。游子远行得再远，终究因为家的存在而有了归程。现在，杨云史只能把所有对家乡的怀念流在笔端了。他写下了许多诗篇，以寄托对家乡排遣不掉的深情，对日本侵略者的痛恨。

没有了家，也没有了根的依恋，从此，杨云史再也没有回过家乡常熟。1938年5月，他与狄美男一起从北平避乱到了香港。但他一直情系着内地，关注着抗日的战况进展。当中国的军队打了胜仗，消息传来，他会用诗歌来歌颂、赞美。在港三年，他写下了大量的诗歌文，其中许多都是写给前方将士的，包括给朱德、毛泽东。给朱、毛的诗《雁门军歌》，还让人谱了曲以便传唱。他在诗序中写道："自丁丑中秋，雁门失守，寇遂入晋。第八路军抗战年半，寇终不得逞。作军歌谱以今乐，以赠晋北朱、毛两将军。"

斜月西飞渡雁门，
枕戈万幕照黄昏。
明朝北向弯弓去，
三晋云山接五原。

从这一时期开始，杨云史的人生观与精神世界有了全新的升华。他感受到了中华大地上浩荡的正义力量，看到了苦难深重的民族经历着一场空前绝后的浴火重生。他给认识的前方将领致信，表达自己坚定的抗战意志，希望他们为国奋勇杀敌，如《致李济深书》《致张仲仁书》等。

避乱期间，他拖着病体着手整理自己十多年来的诗稿。过去编辑出版的《江山万里楼诗抄》，所收录的诗歌仅为

1926年前的创作，而后来所写的诗歌，也已经有了大量的积累。在狄美男等人的帮助下，他完成了续编。在上海图书馆发现的一册他于1939年亲手整理的七卷本手稿中，收录有530首诗。纵观他这一时期的作品，大都是对时局的关心和对抗日军队的赞颂，家国情怀更加突显，作品基调忧愤苍凉而明亮。如写给十九路军的《赠十九路军》，歌颂了十九路军英勇抗日，建立奇功；《哀广州》记述了广州遭遇日寇轰炸三百余次，家园被毁、百姓死伤无数的状况；《巴山哀》记述的是日寇轰炸重庆，造成万余人死亡的惨状；《寒衣曲》激励将士奋勇杀敌，振奋人心。他用诗歌记载了中华民族所遭受的前所未有的国难。

抗日战争，中华民族到了生死存亡的关头。杨云史作为中国传统的知识分子，表现出了强烈的忧患意识和爱憎分明的爱国精神。这一时期创作的诗歌，歌颂了中国军民英勇抗战的气概，振奋人心，再次让我们感受到了其晚年的民族气节。他的"诗史"也完成了从记录军阀内战、关心民间疾苦，转向歌颂抗日救国，激励前方将士奋勇杀敌的根本转变。他成为一个光芒四射的爱国志士。所以，1941年7月，在他走完人生之路，带着远离故乡的遗憾撒手人寰时，当时的国民政府蒋中正、李宗仁、白崇禧、孔祥熙，以及在香港接济杨云史日生活的杜月笙等都送了花圈。

七

"虞山诗之有大家,树旗纛于一代文学史,声名赫赫者,始于东涧遗老钱牧斋氏……而云史杨先生,独宗唐贤,挥斥八极……纵观先生之集,才华富丽,魄力沈雄,长篇大作,接武梅村……盖先生晚年诗作,其雄放瑰奇,鸿篇杰构,一如前作,绝无老笔颓唐之病,尤其为旅港时所作,春秋攘夷之旨,洋溢毫端,称为诗史,洵无愧色,岂特虞山诗派之后劲,实为近代诗苑之魁杰……"

这是钱仲联先生1997年以九十高龄,为《江山万里楼诗词钞》续集所写序中所言。钱先生在杨云史旅港时候与之有过笔墨交往,杨云史曾赠七绝四首给钱仲联。作为常熟同乡忘年交,让当时避乱于西南的钱仲联有"知己之感"。序言中,钱先生客观评价杨云史诗歌在中国文学史上的地位,认为他的诗,已经超越了其虞山诗派的延续,成为中国近代诗歌的杰出代表。是的,历史的沉淀,让更多的学者在认识杨云史的同时,对其人生的光华与诗歌的地位有了更加全面而又深刻的认识。纵观杨云史的诗歌创作,他幼年的启蒙和家族的影响,以及求学时的博采众长,造就了他诗歌的辉煌。当年,生长在书香门第的他,年幼时就浸润在江南的诗声里。从明末钱谦益时代起航的虞山诗派,一路扬帆远航成为中国诗坛的中坚。而在常熟明清以来崇文尚学的世风对丰沃土壤的孕育与滋润,使得代有才人出。在名门望族大户杨家，就出现了杨云史祖父辈众多的文化名人。其祖辈，文化英才迭出，诗人、书法家、金石家等名扬四海。他们在虞山诗派、虞山印派的延续发展中，起到了重要作用。杨云史的出现，以其深厚的学养和丰硕的创作，学古不拟古，取诸家之长自成风格，终成为虞山诗派最后的守护者，更成为中国古体诗诗坛的绝响。由于历史的原因，今天对杨云史的挖掘、宣传还很不够。即便在他的家乡常熟，如今也只在文史界稍有影响，他的文化财富及人生价值，还尚未得到更多人的认识、了解，更没有转化为历史文化名城中的重要有机组成部分。因此，我们面对前人留下的丰厚的精神财富，是十分有愧的，尚有更多的工作要做。而杨云史个人的经历、人生的命运，就是与中国近现代社会变革阵痛、艰难困苦的历史进程结合在一起的。从他的经历中，我们看到了中国近现代社会前进的步伐。杨云史并不是一个伟大的人物，但每一个伟大的人物都是始于平凡的。平凡中的伟大即是永生！

寻迹黄宗仰

一

南市河是常熟古城南门的一条临街小河，属琴川河水系，它和大运河水系的元和塘，及长江水系的福山塘相接。顾名思义，市者，为商贾云集之地，而市河必定是繁华热闹之处。明清以来，常熟南门一带因水陆交通便利，渐成街市，市民均临水而居，到了晚清、民国年间，更成为古城主要的商业居民圈。因常熟盛产大米，大米和农作物的交易也就成为商市的主要商业活动。据史料记载，到1903年，南市河一带的米行就有近百家。1865年5月29日，黄宗仰就出生在临河的一家叫"黄大隆"的米行。

正是早春时节的一个上午，下了多天的雨终于停了，我依着记载的地址，踏上了横跨在南市河上的那条西高木桥。从前的桥身是木制的，如今这桥该是二十世纪七十年代翻建的水泥桥。在桥上四处环望，市河绕城而去，临河的民居依然保持着旧时的模样，青砖小瓦，粉墙斑驳，古朴中透视出古城浓浓的历史文化积淀。水栈一级一级地伸向河中，河面上没有了往昔繁忙的船只，偶尔的小划子船在清除河面上的漂浮物。旧码头还在，但空地成了临河人家的晒场，并种了蔬菜，瓜棚豆架倒也成了闲适的风景。走在狭窄的老街上，我努力寻找着黄宗仰故居的痕迹，那个殷实人家的住宅应该有连接的厢房、院落数进。然而，岁月有痕，踪迹难寻。居住在这条街上的大都是老人，他们用疑惑诧异的眼光打量着我，猜度着我这个走走停停、东张西望的不速之客。拎着竹篮买菜回家的老者，回望着我；沿河空地上生着煤炉的老伯看着我；坐在门口搓洗衣服的妇人盯着我。我友好地和他们点头、微笑，他们收敛了敌意的目光，似乎对我不再在意。沉静的、这条叫南市河的小街具有典型的江南水乡特色，一条一条的支弄只容得两个人擦肩而过。一眼望过去，天空成为一线碧澄。有一处墙体相连大半条小弄的老宅，必定是从前的一户小富人家。所处的位置大致是史载黄宗仰故居的地方。虽然我无法考证，但它建筑的格局有一个经营米行老板的气象。我抚摸着这幢清末或许是民国早年翻造的建筑，亲近着黄宗仰——这位近代常熟历史上不可忽略的一代名人的气息，历史的自豪感油然而生。由于宣传、挖掘的忽略，即使是居住在这里的人们，也很少知道宗仰其人。我问了几个老人，他们都摇头不知。有些部门为了营造一个新的风景，可以一掷数亿，但为什么不花一点钱来保护、弘扬黄宗仰这样一个历史名人呢？辛亥革命功臣，为缔造民主共和奔走呼号，爱国志士、园林专家、文化名人、佛门高僧，加入兴中会，孙中山先生的同志和朋友，中国近代教育最早的奠基人……这些耀眼的光环足以让古城熠熠生辉。

二

黄宗仰（1865年—1921年），号乌目山僧、宗仰、中央、楞伽小印、印楞禅师等。幼时，因为母亲赵氏信佛，他常跟着去寺院参拜，特别是去虞山北麓的三峰清凉寺。慧心初开的黄宗仰，早年跟随虞山名士海印居士学习，习文经刻，博览群书。有一年，已经高中进士、成为京官的翁同龢回乡休假，见到在离他家不远的黄大隆米行做伙计的黄宗仰，识得他的一身才情，便收他为徒。自此，黄宗仰在翁同龢的点拨下，诗书画禅并进，技艺日深。到了十六岁那年（1877年），宗仰不想子承父业，慧心通佛，便夜赴虞山三峰清凉寺，剃度为僧。药龛长老为他聘请了名师授学，几年间，青灯夜读，学业大进，诗文并长，这为他日后的成长打下了坚实的基础。

三峰清凉寺踞虞山北侧三山之间，居高临下，北望长江三角洲平原，旧时天晴，能隐约见到玉带长江自西向东闪着银光。寺庙四周怪石嶙峋，松涛千顷，其三峰松翠为虞山十八景之一。宗仰在此白天诵经念佛，晚上研读佛经和研习书画印刻。空旷的寺院里，万籁俱寂，唯有夜色与松涛让人沉静极致，神会艺海各路英豪。作为南朝四百八十寺之一的山峰寺，建于南朝梁代，经过明代中兴，到了清代，已经成为江南名刹。它全盛的时候，有房舍千间，寺僧亦有千人。它与杭州灵隐寺、宁波天童寺一起成为禅宗的祖庭，名誉江南。黄宗仰在这里经过了四年多的修炼，接触了大量的寺藏经书刻版，不少还是毛晋汲古阁的全套刻版，如《华严经》《指月录》等。这为他日后在他设计建造的上海哈同花园内，刊印经典佛经和革命书刊创造了条件。光绪十年（1884年），药龛长老觉得二十岁的宗仰应该有更大的空间发展，便亲自送他到镇江金山江天寺，事佛修禅，续炼慧根。金山寺，自康熙南巡游览，题匾"江天寺"后，声名大振，聚集了许多高僧名家。宗仰自此有了更宽广的人生空间，他刻苦读书，交游四方，深研内典，兼习英、法、日、梵等文字，书画金石，园林技艺无不精通，终于卓然成家，名闻江左。

1892年的一天，上海的犹太裔富翁哈同携夫人罗迦陵到金山寺进香。见到印楞禅师黄宗仰后，罗迦陵这个福建血统的中法混血富态女子，顿时慧根大开，尤其见到宗仰的书画作品，觉得超然独立，自成一格，便当即拜宗仰为师，并捐献巨资兴修金山寺。从此，黄宗仰与哈同夫妇结下了数十年的友谊和法缘。在金山寺修禅的十五年，黄宗仰借南北参学之机，行走于齐、鲁、燕、赵、闽、粤等地，广交各方志士，增长见识，人生阅历和诗书画艺日臻成熟。

1903年的上海，已经是西风东渐、城市建设走上现代发展轨道的城市。通过做买办、开洋行、做房地产等发迹了的哈同，准备打造一座具有江南特色的园林。罗迦陵自然找到了师傅黄宗仰，让他主持设计建造。凭着绘画功底与见多识广的基础，宗仰开始帮助哈同夫妇设计建造私家花园爱俪园（即哈同花园）。其时，在哈同开发占据了近百分之五十房产的南京路上，各种高楼还未建造。1910年，占地171亩的爱俪园全部落成。整个园林的设计，黄宗仰以《红楼梦》中的大观园为蓝本，因地造势，中西结合，分内、外两园。楼阁重檐，假山玲珑，翠竹掩映，碧波流光。有"渭川百亩""水心草庐""黄海涛声""大好河山"等八十三处风景，五步一亭，十步一阁，园内诸景之名，除宗仰自题以外，他还请了当时的名家题写。爱俪园建成后，顿时成为沪上名园，也成了近代中国造园艺术的经典之作。园内全盛时期，有管家、警卫、仆人、教师、学生及和尚尼姑800多人。宗仰总管着园中一切事务，因为他的关系，辛亥革命时期，爱俪园也一度成了革命党人聚会的重要场所。孙中山、章太炎、蔡锷、黄兴、宋教仁、陈其美、胡汉民等革命党人士，也常在此商讨国事，黄宗仰参与其中，爱俪园一时成为中国政治活动的中心。我小时候常听在上海爱俪园附近长大的外公说起花园的往事，他每次讲起时眉飞色舞的样子如在眼前。这座近代名园终因哈同夫妇的相继去世而日渐荒芜，并随着太平洋战争爆发，被侵华日军占为营地，劫财毁园破坏殆尽。其间一场大火又烧毁了几乎所有的房屋。到抗战胜利时，已残垣断壁，野草凄迷，当时的盛景不复存在。新中国成立初期，在它的遗址上建造了中苏友好大厦，即如今的上海展览馆。据说，展馆门前广场上的喷泉，就是当年哈同花园的遗物。这座辉煌了三十多年的近代名园，是作为园林家的黄宗仰的艺术杰作，也是晚清造园艺术的典范。

自光绪二十五年（1899年）宗仰应哈同夫妇之邀进入沪上，他结识了大批当时中国思想界、文学艺术界的朋友，如蔡元培、李叔同、任伯年、吴雅晖、朱梦庐、高邕等。黄宗仰在文学和书画艺术等领域纵横驰骋，在爱俪园，他鼓动哈同夫妇办起了中华佛教华严大学，对外广为招生，除学习佛教文化以外，还设有中文、算术、历史、地理、美术等课程，徐悲鸿就曾在那里学习。

宗仰从十六岁进了三峰寺后，就在药龛长老的传授下，开始学习绘画，后来又在与近现代书画名家的交往中，获得提高，终成一家。他的《庚子国耻纪念图》，是对庚子之难有感而发的忧心之作。正如他在画上题诗中说的那样，"难倾国泪详图画，只记颓京城下盟"。他是用笔墨来表达一腔爱国热血，以唤起人们的觉醒。

在常熟博物馆的馆藏中，有一幅黄宗仰的山水扇面。疏淡的画意不失苍遒，沿袭了乃师药龛的画风，也让我看到了元四家常熟黄公望的影子。这也是他极少传世作品中难得的一件。常熟理工学院的教授沈潜先生，曾编著过一本《宗仰上人集》，其收录的黄宗仰诗歌，丰富的题材，展现了宗仰静修佛禅、投身革命、徜徉艺海的人生侧影，成为虞山近代文学的丰藏。请看一首：

握手与君五十日，脑中印我扬子图。
拿华剑气凌江汉，姬姒河山复故吾。
此去天南翻北斗，移来邢水唤新都。
伫看叱咤风云起，不歼胡虏非丈夫。

——《饯中华》

黄宗仰曾避难日本，于1903年8月23日返国，在这首饯别孙中山先生的诗中，我们可以看到，一个豪气万丈的黄宗仰，感受他与革命家孙中山真挚友情。

中国近代革命的开始，是以孙中山先生领导的兴中会为先声的。黄宗仰有幸和孙中山、蔡元培等一大批爱国人士一起，从事反清的革命活动：探索革命前景、张园演讲、刻印宣传革命思想，以及设法营救邹容等。他和李叔同、任伯年等名流组成的"上海书画公会"，是中国近代早期的书画家名人俱乐部，也是中国海派画家形成迈出的第一步步伐。他们每周出版书画报纸，拟古创新、弘扬艺术、讽刺时政。这些作品在艺术的基础上，强化了对现实的反映，映照出民主革命思想的光辉。他还与蔡元培、章炳麟、吴稚晖等，共同发起创建中国教育会，并兼任会长。教育会鼓吹革命，崇尚中西结合，吸引了一大批仁人志士加入，如马君武、马叙伦、黄炎培，等等。他创建的中国第一所女校——"爱国女校"，给两千多年来深受封建束缚的中国妇女，带来了生命全新的曙光。他与爱国同志们一起，为建立一个民主共和的国家而奔走呼号，以致遭到清廷的追捕，不得不避走日本。在黄宗仰二十世纪初的行踪中，投身中国革命事业是其闪亮的人生轨迹。1904年，他集资刊印了邹容的《革命军》和章炳麟的《驳康有为论革命书》，并遵孙中山之嘱，分寄到南洋和美洲，影响巨大，有力地支持了孙中山先生的革命事业。当民国建立，孙中山先生请黄宗仰到教育部任职时，宗仰却坚辞不受，甘愿托迹山林南京栖霞，弘扬佛法，修复佛寺，恢复祖庭，终老其身。有时我想，像黄宗仰这样一个投身资产阶级民主革命的先驱人物，为何到了后来隐迹山林，过起晨钟暮鼓的生活呢？是不是他已经看到了革命的先天不足？还是他超然物外，甘愿佛光普照，去布施苍茫大地上的芸芸众生？

三

在一个深秋的午后，我来到了南京栖霞山。秋天的栖霞山，风景十分优美，树木高深，枫叶如火，清泉作响，但我的造访并非为了此般美景，而是寻访黄宗仰在这里留下的最后足迹。这座金陵名山因山势奇趣，植被丰富，红枫满山而成为历代人们的游览胜地。六朝南齐永明元年(483年)建栖霞寺后,引得善男信女进山朝拜,成延续之风气。到了唐代,栖霞寺与山东长清的灵岩寺、湖北荆山的玉泉寺、浙江天台的国清寺并称天下四大丛林。从此历朝历代香火兴旺,到清代,引得乾隆皇帝五次驻跸。但是,咸丰年间栖霞寺被太平军焚毁了。当宗仰上人1919年初来时,但见瓦砾遍地,破屋飘摇。宗仰在法意老和尚的盛情邀请下,终立下宏愿重修栖霞寺,复兴千年古刹。孙中山得知后,率先以归还黄宗仰当年支援革命的借款为名,拨一万银元支持。罗迦陵、张謇,江苏都督程德全及民国元老戴季陶、于右任等各界人士,亦纷纷捐款,为助黄宗仰重现这座南朝四百八十寺之首的名刹而尽力。宗仰率众伐恶木,整土地,重规划,使各项修复建造工程顺利进行。在主体建筑大殿即将落成之际,宗仰上人却因操劳过度、积劳成疾,于1921年7月22日圆寂了,时年五十七岁。

我面对着如今早已修缮一新,规模宏大,庄严的栖霞寺时,为家乡有这样一位名重一时的先贤而自豪。我礼香膜拜,虔诚叩首。知道宗仰的墓就在寺后的山坡上,我问了一个中年和尚,他告知了大致的方位,而后我便沿着一条涧边的山路,踏着满地的红叶寻去。栖霞山的秋色引得游人如织,人们各自寻找着属于自己的风景。费了一点周折,走过一段曲曲折折的石级小路,错落有致的历代高僧塔林便呈现在眼前。我仔细地辨认着,终于找到了黄宗仰的灵塔。这是一处向阳坡地，人迹罕至，树叶和松针落了一地。灵塔不高，和周围的几个没什么有特别之处。秋天的阳光照在已经灰白的，用青石制成的灵塔上，静穆、庄严。塔身上一行正楷："传临济正宗第四十四世栖霞堂上宗仰印楞禅师之塔"，刻字虽淡，但沉静若佛，让人敬仰。由章太炎先生撰写的《栖霞寺印楞禅师塔铭》，记述了章太炎和黄宗仰认识的经过，以及宗仰的生平事迹。塔前的供台上，落满了秋叶。我随手拾起附近的一把小扫帚，轻轻地拂去供台上的落叶和灰尘，并把塔身周围厚厚的落叶清扫干净。就像拂去了历史的尘埃，更清晰地亲近宗仰大师一般。我静立于塔前，俯身鞠了三个躬。

据栖霞寺相关资料记载，民国政府原计划要为黄宗仰重新举行隆重的国葬，后因抗战爆发而未能举行。但在栖霞寺及台北的佛光山，都建有宗仰上人的纪念馆，以供后人纪念他不凡的业绩。

名人辈出的常熟，文脉流长，历史上不乏文人雅士。但直接为推翻封建帝制而投身革命的，独黄宗仰一人。而他的这些革命行动，都是与孙中山等一大批革命的先行者并肩战斗的。他不是革命者的朋友，而是同志，是走在民主革命前列的仁人志士和英雄豪杰。因此，他才有了"革命和尚"的美誉。风云际会的大都市上海，给宗仰打开了宽广的视野，提供了人生广阔的舞台。他生命的重彩，是中国历史文化名城常熟的一道瑰丽风景，我们因有黄宗仰而自豪！

陌上相思

一

我们因爱而来，是追寻钱谦益、柳如是在这里生活了生命中最后十多年的地方来的。

红豆山庄是钱谦益、柳如是生命最后的乐园，也是他们慷慨解囊，联络、资助抗清志士的地方。这处初建于宋末元初，经历代高士扩充经略的庄园，因为钱谦益、柳如是的驻留而闻名遐迩。那株红豆树还在，经过了460多年的漫长时光，如今它依然枝繁叶茂。它最后一次开花是在1932年，据史料记载，清代260年间，它才开花9次。这种生于两广、海南的树种，移植到江苏一带后很难成活，全省百年以上的红豆树仅存七株，常熟占有四株。而白茆红豆山庄的这棵红豆树，是山庄以前的主人从海南买回来的。树因人留名，人因树增辉。到了钱谦益成为山庄的主人后，这株红豆树才名声大振。我曾多次前往，流连于红豆树下，读着它的岁月倾诉。二十四岁的柳如是和六十岁的钱谦益演绎的爱情故事，并不是苍白、世俗的，它有着生命燃烧的炽热与沉淀。一个白发，一个红颜，他们的故事虽然发生在370多年前，但他们对生命和爱的诠释，光照后人。青灯伴读，诗歌人生，锦绣文章，共出机杼。爱就是绿洲，爱就是风雨同行，甚至生命共存。他们筑起的爱巢，在青青十里虞山脚下，在幽深的小巷深处，在花开陌上野花香、佳木秀、河水清的白茆芙蓉村红豆山庄。在山庄，他们可以做闲云野鹤，坐看夕阳，卧读诗书。但是他们却心系故国，为钱谦益弟子郑成功反清复明，奔走呼号付诸行动。他们的爱，走出狭隘的天地，和家国、民族的命运联结在一起时，这种爱就更显得崇高和让人敬仰！

追寻钱谦益、柳如是的生命轨迹，除了他们在诗歌、文章等之上的成就，更值得让后人称颂和敬佩甚至艳羡的，莫过于他们相依相守、共度美好时光的爱情故事了。我想，我心中的二十世纪最伟大的史学家陈寅恪为此而撰写的浩浩长卷《柳如是别传》，以及近几十年来各种描写柳如是的文学传记、小说，都是因爱而爱，而甘愿在时光深处探寻那一缕神光，让我们也一起心醉神迷遨游畅想。

作为"秦淮八艳"之一，柳如是有过太多的人生阅历。苏杭、松江的留踪，秦淮河畔的灯红酒绿、低吟浅唱，终不及江南古城的静谧安详，和江南田野的惠风和畅。周道登、宋辕文、陈子龙辈们，终不及钱谦益的厚重和倚仗。

记得那个让她心跳不止的季节，一叶轻舟，一顶小轿，一袭男装，书生模样初访半野堂。红颜白发，烛光留影。心灵的感应和碰撞拉近了生命的距离，相互的倾慕，滋生出爱的情愫。这哪里是300多年前的弱女子所为！细细想来，除了苍天垂顾下的爱和倾慕，还有什么呢？钱谦益，作为明末文坛领袖，和影响甚广的虞山诗派开宗盟主，其文坛地位，的确让柳如是这样一个很自负的才女敬仰和追随。而钱谦益家道的富足，也一定是历经了颠沛流离的柳如是现实的考量。其实，纵观历代文人士大夫的生存状态，生活富足的居多。钱谦益的人生自此打开了全新的一页。

柳如是嫁给钱谦益后，中国社会历经了朝代的更迭。这给他们原本平静美好的生活带来了转折、曲折和波澜。以前，钱谦益在官场的变迁、沉浮，并没有让柳如是觉得无颜。但现在，他的无奈之下的降清，却让柳如是感到了耻辱。而这一切，都最终在夫妻两人支持郑成功、瞿式耜等的反清复明的抗争中获得了平复，情感也得到了升华。白茆塘连接着长江、大海，郑成功的水师日夜操练，钱谦益、柳如是用自己的名望和财力，全力支持着反清复明的义军。江南的田园生活，并没有让这对历经人生磨难的夫妇作闲适享受，他们被义师开进白茆塘威武列阵的战船、杀声震天的气势所感召。当钱谦益走出降清的人生误区，爱憎分明的柳如是，就是光照他人生品格的明灯。他们奔走于江南的阡陌间，为抗清的义士奔走呼号。他们所做的一切，成为他们生命中闪光的亮点。而这其中，难道没有因爱而来的生命感召吗？

初冬的白茆芙蓉村，进村的土埂路早已不复存在，工业区的覆盖已成为壮观的风景。而红豆山庄的故址呢？它在现在所属的古里镇政府的规划下动工复建了。总投资1.5亿元，占地60万平方米全新的红豆山庄，是一个综合性的爱情主题游览园。我们将可以在重建的山庄里，俯拾钱、柳遗落的故事，并涂上现代人爱的标签，融入江南沃野的青青草色。而田野上那些经久不息的歌谣，也会演唱得更加动人。十多米高、近一米粗的红豆树，虽落叶满地进入冬眠期，但生命旺盛的气息无处不在。两株幼小的分枝，从母体的地下长出来，已一人多高。老株新枝连理而生，这是爱的延续和生生不息。

二

有一种爱，它超越了人类的本体，去热爱一种事物、一种存在的现象，那就是人们对历史文化遗存的爱。这种爱，不像感性的爱带着浪漫的光芒。它是理性的回归，是人们对存在的发现、认知和思索，并试图去阐述再现。

白茆李市古村落，在常熟古里镇东南五六公里的地方。从古老的石桥上放眼望去，这条叫山泾河的古河道，弯弯曲曲伸向远方。河两岸的房屋和石驳岸，不少已经塌落。那些疯长的野草却在这寒冷的冬季，依旧显示着十分顽强的生存能力。长长的老街上，房屋大都成了空巢，门窗紧闭。在农村生活水平不断提升的今天，这些低矮的、没有卫生设备的房屋，显然已经不能让当代农民满意了，这也是历史的必然。我曾经考察过国内不少古村落，发现有一种现象是共同的，即古村落已失却了它的居住价值。作为历史遗存，它的存在是一个文化现象。现代人对古村落的利用和开发，是文化产生的一个链，政府部门是强有力的保护者、挖掘者和经营者。中国的许多历史文化古镇，如今在政府的推动下，已开发成旅游目的地了。但李市显然不是一处耀眼的旅游风景，它只是江南田野上留存的百姓安居乐业的聚居地，是田野中的平民古村。我们走进老街上的一户人家，踏进堆满民国时期旧家具的前屋，大家热闹地细数着那些曾经在孩提时代还使用的日用品——榉木八仙桌、雕花靠背圈椅、三眼灶，等等。镶嵌在墙上的那些精致的人物砖雕，都没有了头颅，那是"文革"时期的破坏导致的。院子里有高大的果树，地上种着一畦畦的青菜，散落的青砖、石雕随处可见。主人是一位七十多岁的妇人，她说祖上是行医的，家道曾经有过辉煌，现在子女把房子造到别处了。这里的生活环境很安静，也很好，很适合他们老夫妻生活。临街市声的后面，有一片宁静的乡野田园环境，这不是我们十分艳羡的宜居之处吗！这个在自家的院子里边拣着金花菜边和我们聊天的妇人，是那么的从容淡定。对祖上曾有的发达，也只是作平静的陈述，似乎那已经是遥远的事了。有人在地上拾得一块青砖给我，我发现这块精制的青砖是旧时墙门上的一个构件。我决定保存它，因为这样就保存住了这个古村落的时光记忆。我以后对它的抚摸，就是对江南乡野一个古镇曾有的美丽触碰。

走过李市古街区，一幢幢建于清代民国的古宅，小巧又精深。这里，并不像其他地方的古镇上有深院大户。李市从明代成形后，居住在这里的大都是农民和小商业者。山泾河、中山河、陈泾河是李市的血脉之河，房屋临河而筑，夹河成市。在二十世纪八十年代以前，李市还十分热闹。我忽然有些感悟，吴歌一脉的白茆山歌，为什么会在江南的这片乡野上诞生了。人们的欢歌是否也昭示着一种较好的生存状态？这里，是著名的常熟大米的代表性种植区。二十世纪五十年代，国家主席刘少奇曾来此考察水稻的种植。镇志上，那张刘少奇站在稻穗低垂、丰收在望的农田里的照片，永远是白茆百姓的骄傲和津津乐道的话题。据载，明清以来，李市有举人、贡生多人，并有崇文学医的风俗。民国元年（1912年），李市就设置了小学，并有多家私塾。看来，这处田野上的平民古村，平淡中有着让人畅想的底蕴。在一座古桥堍，有一幢临街两层的小楼。虽然人去楼空，门窗紧闭，但我们在它静穆的外观中，猜度着它曾经充满生机，甚至浪漫的生活场景——这该是一个殷实人家的住所，楼上住着的女子可开窗俯视桥上的风景。穿街而过那条曾经清澈的河上，舟楫往来，和街上的市声汇合成江南农村日常的生活图画。倚窗的带着野性的姑娘，引得过河的小伙翘首观望。间或一句山歌从窗口飘出，那便成了人们梦中的精灵。我并非铺张着这种畅想，其实，这些原本的生活场景，在李市是很自然的现实。现在，镇政府已有规划把李市建设成一个人人都想来的地方。李市的美不在华丽和惊艳，李市是朴实沉静的，也是闲适的，它目前的沧桑只是时间老人留给我们的一个试题，就看我们怎样去解答。茶馆和剃头店古风依旧，门口停着四五辆轿车。在一处大饼油条店，氽油条的妇人大声喊着我们去吃。那些刚出油锅的、金灿灿的油条十分诱人，她说"今天不要钱，不要钱"。我们争相吃着用纯净清香的菜籽油氽的，非常好吃的油条，有人给她钱，她坚决不收。李市人朴实可亲的形象，在这妇人身上展现。

汽车带着我们离开李市了，我从车窗里回望，冬天午后的阳光下，李市的老街与包围着它的那些村民新居楼房，和广袤的田野融为一体。李市的风景是劳作的人们平淡的歌声，我们的爱有时空的超越和遥想。

三

有一种爱叫痴爱，它是人们对一种事物的迷恋，为了它，可以甘愿劳碌一生，让生命在时光的流逝中成为永恒。

常熟古里铁琴铜剑楼，作为清代中国四大藏书楼之一，为常熟的声名远播增光添彩。20年前，当我第一次探访这座名楼时，它挤在街的一角。原先院落数进佳木繁荫的老建筑，历经时代的变迁，只剩下了一个狭长的小院，和一栋复式的两层小楼。几株高大的百年以上的树木，见证了近代以来这座藏书楼的命运。2008年，铁琴铜剑楼经古里镇政府扩建再现了雄伟的面貌，隆重开张之日，我也应邀前往，在拥挤的人群中参观。据载，瞿氏藏书自乾隆年开始，历经五代。其间虽然战乱不断，社会动荡，但因倾力保护，终未有多大的流散。所藏古籍珍本善本10多万册中，宋元孤本尤为珍贵。这些藏书在解放初期就由瞿氏三兄弟瞿济苍、瞿旭初、瞿凤起捐献给了北京图书馆和常熟、南京、上海等地的图书馆保存。目前在展厅所展示的复制陈列品，像一条充满书香的金光大道，让我们走进时光深处。

常熟历来文脉深远，自孔子唯一的南方弟子言子算起，历代俊才辈出，文风蔚然。元代黄公望后，更是各路名家，争相辉映。藏书读书自然也成了读书人一大爱好。他们四处搜集善本孤本，或加以整理，或寻章摘句，或以书相交，煮酒煎茶，好友共赏。在常熟的历史上，明清两代就有藏书家近300位，成为当时全国私家藏书的中心地。古代常熟人殷实的生活为读书人购书藏书打下了经济基础。为书造屋收藏的，明代就有杨五川七桧山房、赵琦美脉望山馆、毛晋汲古阁、钱谦益绛云楼、钱曾述古堂等，所收古籍大都是宋元刻本。到了清代，张金吾的爱日精庐有藏书10.4万卷，多为宋元秘本、孤本。陈揆的稽瑞楼也有10余万卷罕见之本。翁同龢的藏书被列为晚清九大藏书之一，都是珍稀古籍善本。

据统计，如今传存和入藏国库的宋元本，大都由常熟藏书家递藏捐献。仅瞿氏铁琴铜剑楼捐赠北京图书馆并载入《北京图书馆善本书目》的，就有242种2501册。藏书家将大量的库藏代代相传，他们在无形中成了中国传统文化的"保护神"。

记得小时候听人说起铁琴铜剑楼藏书的故事。瞿家为了防书籍虫蛀，常常在冬日（因为夏天日毒）把藏书分批拿出来在太阳底下晒，这个季节也是广邀好友赏书的季节，书香伴着酒香成为铁琴铜剑楼一年一度的赏心乐事。由此，我明白了古城常熟历史上为什么会出过8个状元、10个宰相、483个进士，七品以上官员有916人了！古城浓郁的文化氛围在近代和当代的中国历史上依然延续。从张鸿、曾朴、黄宗仰到虞山诗派、虞山画派、虞山琴派、虞山印派等的形成和传承，从拥有17名中科院院士到当代书法、绘画、文学艺术等作品影响和兴盛，这无不和常熟山水灵气，宜居室地有关。历史文化名城的绵长文脉是江南古城血液里的精髓，它是一个城市无法替代的耀眼光环。它造就了古城百姓宽容、温和、知书达理，敢于争光的风骨，这也是如今常熟能持续名列全国综合实力百强县市前茅的根本所在！所以，当文化渗透至一个人的生命里，一个城市的生活中后，人和城市的色彩就会焕发出更加夺目的光彩。

在二十一世纪信息网络时代的今天，我们获取知识的来源有了多重的选择，但买书读书依然是古城许多人的生活内容。在古城的大街小巷、新村楼宇，家庭的设计总会有一间书房让主人沉浸其中。在书房温暖的灯下，或快意地阅读，或浏览于电脑上的各类信息，十多平方米的空间成为灵魂的憩园。这又何不是一种文脉中潜藏的生存形态呢！

铁琴铜剑藏书楼的现象并不是偶然的，它的出现是城市生活中人们精神世界的现实照观。我为自己能够生活在这样一个充满书香的城市而自豪。

四

从小在外婆家长大，童年美好的时光里，外婆唱的歌谣经常难忘。比如小孩牙牙学语时，大人们拉着他们细小白嫩的双手唱："对对对，蓬蓬飞。"小孩咳嗽时，大人们边指着他们的背边唱着："拍拍背，三年勿咳嗽。拍拍胸，三年勿伤风。"这些流传在常熟百姓民间口头的朴实易懂带着浓郁乡音和哲理性的歌谣，后来才知道就是作为吴歌一脉的白茆山歌的一种表现形式。

白茆地处江南水乡常熟东南，民间传说汉代张良曾来白茆传唱山歌，史学家考证白茆山歌的形成不会比《诗经》太迟。我系统真切地感受白茆山歌，还是九年多前那次陪北大教授陈平原、夏晓红等参加镇政府安排的山歌演唱会上。由当地农民演绎的山歌，像田野上流动的风声，带着原始的粗犷和江南水乡的柔媚，回荡在那条通江达海的白茆塘边。当陈平原教授欣然提笔写下"隔河看见的牡丹"秀气大字时，我还未曾深谙这句话的深刻含义，直到男女歌手亮开清丽的嗓子唱出这首充满爱意的情歌后，我才被一股浓浓的纯情所包围。

男的唱道：

隔河看见的牡丹，我远洋要偍几乎难。

我荷叶盘打水滴溜溜转，雨笃知了口难开。

女的则应和道：

好藕沉嘞河底心浜，我搭侬有情勿给别人看出来。

我搭侬二月里风车哒罗哒罗心里转，十二月里西风要冷冷喃来。

这荡漾在江南沃野上的歌声，带着男欢女爱的神秘和羞涩，也带着绵长的誓言，让我的心底不禁也涌起了一股暖暖的春潮。这是原始的芬芳，是男女情愫的神光。我们被美好的情绪感染着，虽然听歌的那个季节是夏天，但不见了夏天的溽热。

再次听到白茆山歌，是又一次被镇政府邀请去参加的采风活动。其实我已经多次去过白茆这个地方了，也烂熟于心，但灵魂深处的召唤，又让我来到了这里。冬天的午后，阳光灿烂，白茆塘的清波闪着光芒。沉静的临河老街上，没有一点嘈杂，懒散的猫见着我们走过，半张着它的眼。老人们在门口晒着太阳，倚在边上的狗很驯服，似乎并不在意我们这些走过的行人，还是那个山歌馆，临河而筑的小楼上，陈列着白茆山歌的流变和传承。那幅已经被装裱在镜框里，挂在墙上的陈平原先生的书法作品，依然那么清新。歌声响起，台上男女山歌手唱起了欢快的劳动歌《舂米歌》：

菊花开尽稻粱肥，家家户户夜舂米。
一个舂头一只缸，山歌彻夜丰收喜。

这种表达劳作的人们丰收的欢歌，十分朴素，通俗易懂。我听着一首又一首山歌，眼前闪现出这里不同时期演唱的盛况，如二十世纪五十年代的万人会船对山歌、十上北京两进中南海作汇报演出，还有由以前自发的随意对歌，发展为现在常年开展的群众性山歌对唱会。这个早在十年前就被文化部命名的"中国民间艺术之乡"所释放的乡情魅力，震撼着我们的每一根神经。艺术的通感穿越时空，山歌所传达的内容有时代的烙印，这更说明了根植于江南沃土的白茆山歌是人们现实生活和情感世界的反映。

曾记得在一次会演上看到的一首当代白茆山歌的演绎，一群活泼可爱的小孩穿着五彩的衣裳在舞台上随着优美的旋律快乐地边唱边跳地唱着《喊日子》：

三月三呀起早起，
好婆喊我吃青团子。
田畦头飞来小燕子，
嘴里衔着片青叶子
…………
啥个啥个末喉咙痒？
山歌不唱喉咙痒。
啥个啥呀手心里痒？
不打电脑手心里痒。
…………

这首反映当代农村少年儿童幸福生活的山歌，传递出社会的信息和人民安居乐业的情绪。我们会在欢快的歌声中感受到艺术的感染力。

当"关关雎鸠，在河之洲"被我们朗诵着，遥想出情感的一片纯净天空和古人作原始的碰撞时，当动听的白茆山歌带着泥土的朴实和芳香，融化在我们的生命之河时，我们怎么不被这农耕文化的精神乐园所打动呢！而白茆山歌所涵盖的范围，早已超越了白茆地域本身，成为古城常熟的民间艺术形式而在百姓中代代流传、吟唱。它的儿歌带着天真和稚趣；它的情歌是那么坦露和野性；引歌的起兴、盘歌的互答，生活歌的气息、时政歌的写照……即便是婚俗喜事，也会在歌笑歌哭中淋漓地表达。有一首山歌《唱唱山歌种种田》，我想，这可能就是出于常熟自古锦绣江南鱼米之乡，岁岁丰收常熟田吧。当人们把劳动当作生活中的一件乐事后，劳动的意义就会超越了生命的本质，获得飞跃，劳动者的歌声也就是生命之河里流淌不息的清波。

麦香时节

——行走在吴文化的山水间

一

平坦的水泥公路上,晒满了金黄的麦子和麦秸。两边高高低低望不到边的塬上,大片大片尚未收割的麦子,在阳光下闪着金光。车过处,阵阵沁人心扉的麦香扑进车窗,让人沉醉。几十年没有闻到这么诱人的麦香了,顿觉一切都是那么美好。

这是我第一次看到塬。生长在江南常熟,日常见到的是水乡物态。塬,就是地的高低不平与落差所造成的高台,它是中西部地区特有的地貌。这次,我们是特意去寻找源头的。是的,源头。

陕西周原是一块神奇的土地,秦岭山脉屏障似的亘古横卧在它的大地上,虽不险峻,也没峰谷,但它给人的感觉是平实、安详、坦荡。而流经的渭河，像一条长龙，护佑着、滋润着这方土地和生活的人们。从古到今，熠熠其华。

商朝末年，周原岐山是周太王古公亶父的领地。雄视天下的周太王，早就藐视商纣的暴虐，要把伟业做大！他审视自己的三个儿子——长子泰伯、次子仲雍、三子季历，觉得要成霸业，长子、次子太善良憨厚，唯三子季历有帝王之气。于是，他处处悉心培植。当泰伯、仲雍悉知父亲的心思后，便做出了人生的重大决定，前往东海之滨、大江之南的江南肥沃之地，做拓疆教民的先锋。于是，隆隆的马车带着百工之臣，从秦岭之麓、渭水之畔出发了。他们朝着日出的方向一路向东，中原先进的文明火种，也随着马车卷起的尘烟播撒。从此，长江下游以南的江南地区，就出现了一片全新的曙光，中原文化的基因在江南肥沃的土壤中发育、生长了，它们荡涤出了层层波澜。吴文化，它在中原文化与江南文化的原色中脱颖而出，并最终成为一道亮丽的风景，融入中华文化的汪洋大海中。

第一代吴君泰伯无后代，仲雍把一个儿子过继给了他。泰伯把都城建在无锡梅里，而仲雍为了让兄长放手治理，安家于海虞（常熟）。远离了家乡周原岐山的兄弟俩，相互牵挂时，兄长站在都城内的山上向北遥望，弟弟站在海巫山（虞山）上往南远眺。后来，人们分别在他俩相望时所站的地方建了亭子。梅里鸿山上的叫"望虞亭"，常熟虞山上的叫"望鸿亭"。江南荆蛮之地，由于引入了中原先进的生产技术和百工之艺，在他俩的治理下，呈现出一派生机勃勃的景象。泰伯去世后，仲雍接任了王位。四年后，仲雍逝，他过继给泰伯的儿子季简继任了王位。

仲雍第四代孙周章，是第五任吴王。周武王灭商后，分封诸侯于天下。他封长江下游江南地区的属地为吴国，周章就成了周王朝册封的第一代吴王。从此，吴国与周朝正式建立了隶属关系，在周天下的庇护下，治国安邦，代代相传了二十五代，直到被越国所灭。在如今常熟的方言里，不少话与岐山方言的发音是一样的。人类的许多信息，的确很神奇，血脉相连就是最好的注释。

二

我们首先找到了周太王古公亶父的墓，它被一片金色的麦子包围着，两边的农田一望无边。麦浪在微风中翻动着，空气中的麦香，衔接着远古时代的信息。墓碑是清代乾隆年间重修陵墓时立的，高大沉稳。由当时的陕西巡抚题写的"周太王陵墓"五个大字，楷体魏碑，气势非凡。后面的陵墓曾被毁坏，后于二十世纪八十年代重建。其实，里面是否有太王的白骨，已经并不重要了。我们只要知道，三千多年来，人们一直在祭奠着一个人，记着他的伟业，记着他的三个儿子泰伯、仲雍、季历，更记着他的孙子周文王励精图治，重视人才，文韬武略的功绩。要让历史记住一个人并不容易，哪怕是一个君王。而如今人们还在惦记着三千多年前的人物，更是不易！原始时代、封建社会，君王是历史的创造者、改变者。遇上一个明君是子民的福祉。起码，在历史的记载里，太王是推动中国历史发展的重要贡献者。文王、武王是伟大的历史创造者，是万民爱戴的明君，是中华历史上的伟大人物。我们寻吴文化的根，周太王就是源，岐山、周原就是滋养的厚土。

三王庙是后世供奉周太王、季历、周文王所建的庙屋，它坐落在太王墓前二百来米处。其始建时代在宋金之前，明隆庆年间进行过修复，清代扩建，规模宏大，但后来被毁，仅剩场上一棵数百年古刺槐，依然枝繁叶茂。2013年，三王庙在原址重建，限于财力，规制并不大。其中巍峨耸立的石牌坊，是2016年春季，由常熟市政协牵手六个单位捐助三十万元而建。这也是常熟、岐山文化互动的开始。朝南正开五楹的房屋内，正中是太王塑像，两侧分别是季历、周文王塑像和简介，以及泰伯、仲雍的牌位和简介。背后满墙五楹绘制的是江山万里图，两侧墙壁上绘有三代周王立国故事，画意活泼生动，颇见功力。我一眼看到泰伯奔吴的画面，隆隆马车，迢迢关山，泰伯与仲雍，率众人与周原父老作别于渭水之滨。我与同行的书画家汪瑞章坐在场上那株高大的槐树下聊天。汪大师是典型的传统文人，为人闲云野鹤，人生自在，曾随张大千入室弟子、二十世纪八十年代中国十大词人之一的曹大铁研习诗词。书法造诣高超，名重江南。其画风清雅、高洁，山水、花卉、人物自成意趣。近年来，自创小品画一类，风雅独绝、妙趣横生。他对中国文化历史也研究颇深。此次同行，我们自汉中剑门关与同伴道别，至西安再转去宝鸡，而至周原岐山，这都因同样有对中国五千多年文化史的情结。我们聊到吴文化与中原文化的关系，聊到书法之源，当然，还聊到那个传说中也与常熟有关的姜太公姜尚！

据载，姜尚生于东海之滨，后到渭水边悠游林间，七十岁遇文王，成名相，又辅助武王灭纣，封齐国君。应该说，东海之滨与齐国都与常熟不太遥远，来过也未可知。喜欢垂钓的姜太公，在常熟西边的大湖垂钓，也是可能的。后来，这个湖就叫了尚湖，"尚"，就是取姜尚名，一直沿用至今。历史可以有许多有趣的假设。或许在当年，泰伯、仲雍让国南来立吴后，周文王或者周武王曾派姜尚来探视过，了解他们开创的伟业和子孙们发展的情况，所以，才有了姜太公垂钓于尚湖、册封吴国为诸侯国。当然史实是否是这样仍有待考证。

总之，尚湖之名与姜尚有关。吴文化的重要发祥地常熟与周原岐山有关。其实，还有一层，在商朝的第六代君王祖乙时期，常熟的巫咸、巫贤父子，相继当过相。他们协助商王治理天下，青史留名。如今，巫咸出生的村庄还被叫作商相村，虞山西麓埋葬他们的山冈，千年以前所刻的巨幅石刻"巫相冈"仍赫然在目。所有这些历史的因缘，就是我们此行的目的。离开了三王庙，我们还去了周公庙。周公大名姬旦，是周文王的第四子，也是周武王的弟弟。他是杰出的思想家、政治家、军事家和教育家，也是礼乐最早的制订者和儒学先驱。关于他，有许多故事，如"凤鸣岐山""周公吐哺，天下归心"等。当年，周公辅助文王、武王、成王，三代文武之治、安邦理政，万民拥戴，连吉祥的凤凰也飞来欢歌。他的伟绩，一直被后世称颂，也是历代统治者求贤若渴的榜样。然而，三千年来，真正做到像周公那样的人有多少呢？

三

周公庙背靠凤凰山，远眺渭河水。占地很大。这里是周朝、周文化的重要发祥地，据说也是周公晚年归隐的地方。庙内古迹遗址遍处，古树名木繁多。有些柏树，树龄高达1200年以上。周公去世后，成王把此处化宅为庙，成为纪念游憩的场所。由于当年有凤凰飞来停于山上，鸣叫不绝，祥云四起，岐山的这个山冈便叫作了凤凰山。

周朝从西周到东周历经791年，吴国从泰伯到夫差历经700多年，在朝代执政史上都是时间很长的。西周的气象主要体现在真正实现了国家形式的巩固与统治，推进了社会的进步发展。而吴国由弱转强的过程，正是长三角地区从原始走向发达的过程。特别是到了寿梦统治时期，社会生产力、吴文化等，都有了全新面貌，疆域也拓展到了长江中下游地区。

而此时，另一个影响中国思想文化史的人物孔子，在鲁国，传道授业了。出生在常熟的言子（偃），离开家乡北上求道，成为孔子三千弟子、贤人七十二中唯一的南方弟子，并被列为"孔门十哲"之一。历史的许多信息都是相通的。当我踏着坚实的土地，徜徉在周公庙时，我觉得自己周身的环节都被打通了。只是，念光阴于一瞬间。

周原岐山的土地，三千多年来，历来是兵家的必争之地。神秘莫测、鬼斧神工的青铜器，代表了周代冶金技术的辉煌成就。而历史，总是伴随着战争的出现往复前行。在距离岐山县城二十多公里的五丈原，三国时代曹魏与蜀汉的那场战争，气吞万里。公元234年，诸葛亮率领十万大军，自汉中出斜谷，过秦岭，驻兵五丈原，魏国大将司马懿领兵对阵。想当年，东吴大将周瑜遇到诸葛亮，曾仰天长叹：既生瑜，何生亮！而一个诸葛亮，一个司马懿，两位军事家斗智斗勇，却难分高下。大战最终没有打成，对峙一百天后，诸葛亮积劳成疾去世。蜀汉兵退去，司马懿领兵追至斜谷怕遇到伏击，鸣金收兵。

站在五丈原上，我们已经看不出一丝古战场的痕迹。远处的秦岭山脉似一道屏障，挡在天际线上。中间与山脉并行的渭河，像一条线，发着亮光。岁月悠悠，多少王侯将相如过眼云烟，唯有渭水依然静静地流淌着，见证着这块土地从洪荒一路而来的涌动。

四

　　江南真的是先秦时的荆蛮之地吗？2019年7月，从联合国教科文组织传来特大喜讯——浙江省余姚市的良渚古城遗址被正式列入世界遗产名录。国内外的考古界一片欢腾！这证实了长三角地区的太湖流域，早在五千多年前，就已经进入了文明程度很高的时期。在一部最近播出的纪录片《良渚》里，北京大学某著名考古专家提出了良渚古国的概念。这像一道光，照亮了我们的三维空间！难道我们生存的脚下土地，真的埋藏着一个五千年前的古国？我们可以相信，良渚的文化，就像古埃及的金字塔、巴比伦的通天塔、古罗马的空中花园……它是我们目前无法破解的文化现象。神奇的图案、巧夺天工的设计、精密的几何学原理……一切让人惊叹！渭河是黄河的重要支流，黄河流域是中华民族的摇篮。中国历史上产生最早的三个朝代——夏、商、周，就是以渭河两岸的土地为中心，辐射出去的。我们是否可以这样说——良渚古城是良渚古国的中心，它的辐射，直达我的家乡太湖流域、长江之滨的常熟！

　　如果是这样，中国的历史或许有改写的可能！西周的青铜器上，何以有良渚文化玉器上的纹饰？出生于常熟的巫咸父子，为什么相继成了商朝的宰相？为什么在《尚书》《诗经》、司马迁《史记》、班固《汉书》等书中有巫咸的影子？甚至还有巫咸与海虞（常熟）的记述？

五千多年前的良渚文化,再加上泰伯、仲雍的拓垦,使江南大地更加六畜兴旺、稻麦飘香、枝繁叶茂、百花齐放。我忽然想到,长江文明是否是可以通过下游而上溯到中华腹地的?

当长江文明与黄河文明水乳交融时,就像璀璨的礼花照亮了中华大地,释放出了一片耀眼的景象。

五

还记得那首《蒹葭》吗?

"蒹葭苍苍,白露为霜。所谓伊人,在水一方……"

这首美丽的诗篇,三千多年前流传于岐山渭水边。作为诗经中的名篇,歌颂爱情也罢,叙述文王访贤的故事也好,它带着无边的遐想,打开我灵魂深处的那抹温柔,最初的情感至美至纯至真。我走在渭水边的沙洲上,留下一串脚印;捧起一捧水泼在脸上,耳边萦绕着缥缈的歌声;站在半人多高的芦苇丛中眺望渭河对面空旷的平原,直抵横亘大地的秦岭。秦岭以外就是丰饶的四川盆地。渭水顺流向东而去,在那更遥远的长三角平原南岸,在我家乡的旷野上,数千年前,也响起了最早的歌声——吴歌,它们一定与渭河两岸的土地血脉相连。有一首山歌这样唱道:

"黄秧落水转了青,田里山歌闹盈盈。远听好像鹦哥叫,近听好像凤凰鸣。"

这种边唱山歌边劳动的欢乐场景非常美好。

现存数千首白茆山歌，是江南水乡大地上留下来的最早的歌谣。内容从劳动到爱情，词语从曲折到直白，劳作、生活的场景无处不在。一切坦荡而率真。而《诗经》作为中国最早的诗歌总集，它反映的，是包括渭水两岸在内中原地区西周以后数百年的社会生活。一种文化现象的产生出现，总是带着必然的社会形态。当"所谓伊人，在水一方……"的歌声响起时，白茆山歌"隔河看见白牡丹，吾远详嫩（你）要几乎（多少）难……"的咏叹，同样在我的家乡常熟广为传播。当秦岭、渭水以及它广阔的原野成为诗三百的源泉时，在长江下游长三角的江南平原，五千多年来灿烂文明孕育的歌谣，同样释放出熠熠光华！

麦香时节，其实，不只是周原岐山宽广的土地上风吹麦浪、香飘四野，在我们的家乡，同样麦浪翻腾、金黄一片。只是，我们没有安下心来看身边的风景。

我们行色匆匆，我们需要更多的落脚点。

三槐堂遥想

一

据祖父在家具上常书写的"三槐堂"三字，我寻根溯源。我们这支江南王姓，该是太原王氏一脉，出自姬姓，为周灵王之后裔，早期主要在北方发展繁衍。先秦时期，一直活跃在河南洛阳一带。秦末汉初，秦朝武城侯王离之子王元、王威为避战乱，分别迁往山东琅琊和山西太原。而祖父所记"三槐堂"是太原王氏的一个衍派，也是王氏子孙繁衍最多的一个支派。据《中国家谱综合目录》记载，王氏家谱目录中冠以"三槐堂"名的，占有堂号的王氏家谱总数的40%左右。

"三槐堂"是北宋尚书兵部侍郎王祐在开封城东北曹门外建第时，在其庭院手植槐树三棵，名其正厅而得名。因《周礼》中有"面三槐，三公位焉"的记载，"三槐""槐庭"等便成了"三公"的代名词。"三公"者，皇帝之重臣。王祐在自家院子里种三棵槐树，是希望自己的后代能出现具有"三公"地位的大官，也是对世代兴旺、显达的期盼。由此，我明白了祖父为父亲起名"庭槐"的含义了。记得从前见过祖父用毛笔所记录的我家世系，遗憾的是，他去世后，他所用的一切都被叔父处理掉了。后来，我一直在想，为什么当初不和那个博学的、被乡里人称为"王道士"的祖父多聊聊呢？为什么不早一点读读祖父案头的那些古书，听他老人家讲讲他所知道的先民的故事？如今，我只好展开想象的翅膀，来遥想数千年以前的一片天空了。

二

据载，另有一脉王姓的来源出自外族，如汉时的匈奴人，南北朝的高丽拓王氏族，隋唐时西域月支国胡人，金时女真人完颜氏、耶律氏，北宋西夏党项人，元代的蒙古人。宋人王祐是否是在王氏宗族自远古姬姓发展而来途中，和匈奴人或蒙古人，或者是蒙古人中具有匈奴血统的人通婚后出生的后代，已无从查考。只是，在记载中王姓早期在北方发展，以及山西特别的地理位置，和我的外形特征，常常让我想入非非。

山西这个地方，自古就处于华夏与蒙古草原民族的边地。史载，匈奴人是夏朝的遗民，与夏人同祖，皆出于黄帝。夏桀败，其子獯鬻带着父亲留下来的妻妾，避居北野，随畜迁徙，中国谓之匈奴。自秦以来，山西曾无数次被强悍的匈奴等草原民族带着铁骑的旋风席卷过。蒙恬大将军的攻击，汉景帝的和亲，汉武帝的征伐，东汉直至三国时期魏国曹操的恩威并施，最终匈奴的一支融入了中华民族的大家庭。而蒙古草原民族的祖先东胡，曾经是匈奴的奴隶，历史上多次和匈奴交融。在其后的民族大交融后繁衍的后人中，或许就有了"三槐堂"的先人，也就有了一个体格雄健、前额宽广、心胸辽阔、情感绵密的，如今生活在江南的我！

我之所以有着这样浪漫的推断，与自己长相和禀性有关。我虽无身高七尺，但也并非三尺寸丁，估计是因为先人在随宋室南渡后得江南之灵气养泽，种族繁衍有了变异。但虎背熊腰、健壮如牛、喜欢吃肉，是食肉动物中的特别爱好者这些特征没有改变。我有着一副嘹亮的嗓门，对高音区的发挥可与腾格尔媲美。当然，很多人也说我与来自蒙古草原的腾格尔长得极为相似。我的善良像草原上散落的羊群，我的思绪像草原般绵密，我的搏击也像草原上的雄鹰一样，在自由的天空翱翔。我对骑马的感悟，从那一次在云南的香格里拉第一次跨上马背开始，就觉得十分自然。于是从云南到新疆，到内蒙古，许多次信马由缰，过小溪、过山岗、过密林，在草原上很从容很自信很潇洒地过瘾。我对草原的感动，也是在2005年5月的内蒙古之行。住在四子王旗格根塔拉草原的蒙古包里，享受着草原上黑夜中的寂静，回想着白天蒙古小伙翻飞的马术表演，云彩一样漂亮的姑娘们婀娜的舞姿。早晨太阳还没出来时，我一个人踏着春天草地上的露珠，看着太阳一点一点从地平线上渐渐发亮、发红、发光，最后洒下一片光明的壮丽辉煌。那一刻，灵魂与自然交融，让我感觉到了人在自然中所扮演的角色，既是渺小的又是伟大的。它让我那疾飞的灵魂，在生命中洞穿思维的空间，释放出瞬间的火花。后来，我又几次去过草原，每次去，我的灵魂总是与草地贴得很近，青草的芳香流淌在我的血液里，成为我生命中的清醒与旷达，也成为我笔端流泻的源泉……

三

为了解王姓南迁的历史，我查阅了不少史料。"三槐堂"王氏自宋代王祐以后，儿子王旦于太平兴国五年（980年）进士及第，曾任翰林学士、工部侍郎、参知政事、工部尚书。以后，历代为文为官者众多。至宋高宗时，太尉王皋以护驾南渡之功封柱国、太傅，封居吴地荻州，从此揭开了三槐王氏江南发展的新篇章。常熟王氏为王皋长子王易之后裔，因王易袭授殿帅府太尉，徙居昆山沙头，史称东沙王氏。其子孙散居在海虞（常熟）、太仓、澄江（江阴）等处。南宋守合州的名将王坚为常熟王氏的始祖。《常熟太原王氏家乘》明洪武十七年（1384年）原序："南虞（常熟）王氏，其发源于青州。宋相国文正公（旦）之后也。再传至忠壮公坚。坚曾孙均佐修缉谱牒，以嗣世绪。"《重家乘前序》云："我王氏发源青州，历相僚室，祖德宋功，昭然史册。当元兵入寇，统制安第公阖门殉国难，统制弟安义公为存宗祀，突围走海虞之六河（鹿河，明弘治属太仓州），遂家焉。三传而至均镇，肇修谱牒，以统制父宋故节度使谥忠壮公讳坚为始祖云。"可见，统制安第公是王坚的大儿子，一门忠烈，皆为国难。其弟安义公是王坚的次子，是突出元兵重围，到常熟安家后，修家谱，尊王坚为始祖的。从此以后，"三槐堂"王氏一脉落户常熟，代代繁衍。我又想起以前祖父王祖福曾经记的那个家谱，或许他所记的，正是三槐王氏南渡后的世系呢。我的眼前又映现出他老人家用毛笔写在桌子、凳子底下的那三个工整的"三槐堂"字来。后来，父亲也在家具上毕恭毕敬写上这三个字，以不忘先祖。当我正本清源理清了自己的家族世系后，觉得祖荫福泽，甚感欣慰。王姓家族随王皋南迁后，他的三个儿子去了三个地方，长子王易居昆山，史称东沙王氏，次子王锋居苏州，史称中沙王氏，三子王允居无锡，史称西沙王氏。这支南迁的正宗"三槐堂"王氏，在以后八百多年、四十多代的历史发展中，又涌现出了大量的人才。突出的如苏州王鏊，全国会试第一，殿试第二；无锡王云锦，康熙四十五年（1706年）中状元；还有清初书画界"四王"：王翚、王时敏、王鉴、王原祁，均出自三沙王氏。其中常熟王翚，字石谷，奉诏作《康熙南巡图》等，画风受同乡元代黄公望等影响，"以元人笔墨，运宋人丘壑，而泽以唐人气韵，乃为大成"。近代活跃在海内的王姓名人有许多，不少属于"三沙"一支。

四

人类的迁徙、繁衍、融合是多么伟大而神奇，中华多民族的血液交融，造就了民族大家庭的多姿多彩。王姓家族历经2600多年发展，如今成为中国的人数最多的几大姓氏之一。据公安部2007年统计，全国王姓成员有9288万人，占全国总人口7.25%。然而，人海茫茫，时光匆匆，姓氏的符号只是人类的一个印记，作为生命密码中的某些特征，我热爱自然，对生命的诠释有自己的一种方式。我对草原上英雄的敬仰，由衷地发自内心。统一草原部落的单于、铁木真成吉思汗，以及自北宋以来三槐堂王氏为官为文为人的品质，都是前人留给我们的永远骄傲。记得有"三槐家风"六个方面的概括：忠贞爱国、清正廉洁、直言敢谏、教子成材、勤俭持家、和亲睦邻。我搜寻自己的记忆，在祖父以来的家族中，基本都具备了上面的家风风范。虽无官场青云，但也为人厚道，或读书育人，著书从文，或平淡人生，云淡风轻。

我没有家谱，也寻找不到确切的记载来证明自己的确是具有匈奴或蒙古民族血统的后裔，但我的想象带有它的合理性。其实，我要想做的事情，也就是从一片草原出发去寻找另一片草原罢了，至于是否具有匈奴或者蒙古族的血统已无关紧要。

我家的上海情结

一

今年春天，外公四个儿子中在世的三个和我母亲一起相聚在常熟，这是外公在世时都未曾有过的事情。自外婆1988年1月去世，外公1991年4月去世后，我们和几个娘舅家的联系也很少了。山西太原那个已过世多年的大娘舅，也只是记着一点点近三十年前所见的影子。江西的三娘舅，只在外公外婆在世时，挂在他们房间墙上的那张摄于二十世纪四十年代后期，西装革履的结婚照上见过。北京的二娘舅，因退休后回到老家常熟居住了十多年，才更为熟识。至于生活在外婆身边的小娘舅，因我从小随外婆长大，而很熟悉了解。在世的三个娘舅，都是八十岁左右的人了，他们的这次相聚，是北京八十六岁的二娘舅努力撮合的结果，以后恐怕很难再聚在一起。我作为晚辈，也为他们的这次聚会感到高兴，并特意为他们在本地有名的王四酒家请了两桌,以尽外甥的孝道。在和娘舅、舅妈、父母、表哥、表弟等吃饭的席间,我想起了一件很重要的事来,那就是外公以及他的几个儿子,是怎么从江南农村走出去的?是谁改变了外公肖春荣家族的命运?

整整三小时的晚宴,都围绕着我提的问题,我边听边记,以致菜都没吃几口。我觉得外公生命轨迹的改变,着实是值得让我记述下来的,这是晚清至民国后,一个寻常的江南农村家庭的生活画卷。而改变这个贫困家庭生活命运的,就是外公的母亲,我的外曾祖母、我从小喊她老太太的陈杏妹。

二

老太太陈杏妹生于1884年,1909年她二十六岁的秋天,江南地区遇到了荒灾,颗粒难收,人们生活无着。已守寡三年的陈杏妹听人讲,去上海大户人家帮佣,日子会过得比较好。于是,她带上她八岁的独生儿子我的外公,跟着乡人去了上海帮佣。

常熟距上海一百公里,旧时只有水路相通,手摇木船航行两天到达。开埠以后的上海,租界林立,民族资本工业企业初现,富裕人家对佣人的需求也日益增加。生活在江南水乡常熟的妇女,大都长得端庄清秀、勤劳、吃苦能干。因此,从十九世纪末开始,常熟娘姨(佣人)就已经饮誉沪上了,成为上海大户人家争相寻觅的家佣。老太太带着外公，走进了一户蔡姓人家。朴实勤劳的老太太把蔡家打理得井井有条，因善解人意，迅即成为小姐蔡秀英的贴身娘姨。主仆无分，情同手足。幼小的外公肖春荣，也和蔡家的几个少爷影形相随，整日无忧。豆蔻年华的蔡小姐要出嫁了，其夫是从美国留学归来，在上海交通大学任教的王家大少爷王尔道。此时的蔡家小姐，已离不开老太太陈杏妹的悉心服侍，于是，就让老太太带着她的儿子，也就是我的外公肖春荣，一起随嫁到了王家。不久，王尔道先生弃教从政，进了工务局，并官至工务局副局长、煤气公司总经理。可以想见，从常熟贫困乡下赴沪上的老太太及外公能在这样的家庭里工作、生活，该是比较幸运的。也由于老太太的勤劳和精明，王家的一切家务管理都由她掌控。后来，老太太成为王家的总管，手上也有十多个被管的帮佣了。

王尔道先生造的别墅在靖江路46号，邻近美国领事馆。高高的围墙内，绿树成荫，四季花开。外公长大了，王尔道先生介绍他进了火车站老北站做了一名勤杂工。1922年，外公二十四岁那年，回乡娶了同乡姚家村的女子姚二媛为妻，从此，姚二媛成了日后我的外婆。外婆从小在常熟姜太公曾经垂钓的地方——风景秀丽的尚湖边长大，有一身好水性。自嫁给外公后，相继生下了四个儿子两个女儿。在常熟乡下，能够一个人把这些子女拉扯大，是很不容易的事。经济上，全靠外公的收入及老太太的接济。外公由于工作忙，很少回老家照顾外婆及子女。我母亲是他们最小的女儿。1937年，母亲出生的第三天，日寇从常熟境内的长江野猫口登陆，攻入常熟。外婆带着一群子女躲到尚湖边的娘家。我母亲哭闹不止，外婆娘家的人要丢掉她。十二岁的二娘舅紧抱着他的妹妹，也就是我母亲，坚决不让丢掉。从此，母亲成了日后外公外婆最可依恋的女儿。而比母亲大三岁的姐姐，在1937年逃难回家后生了白喉病夭折了。当外婆带着她的子女们逃难时，上海的外公也离开他工作的铁路局老北站，跟着避难的人群，一路躲避着日寇的轰炸、战火。他去过桂林，到过香港，又从香港回到了他魂牵梦绕的上海。老北站火车站早已被日本人占领了，老太太帮佣的东家王尔道，安排我外公进了英租界内赫赫有名的大饭店——上海国际饭店工作。

上海国际饭店是四行储蓄会（即由盐业银行、金城银行、大陆银行、中南银行共同出资组成的经济体）于1932年8月动工、1934年12月正式开张营业的远东第一高楼。它是由著名的匈牙利建筑设计师邬达克设计的，具有美国现代派风格的24层世纪经典之作。外公能有幸进入这幢至今依然不失风采的大饭店工作，全仗着老太太帮佣的东家王尔道先生，因为王尔道在国际饭店内有股份。外公当上了水暖修理工，一干就是二十多年。

不难想象，从常熟乡下去了上海的外公，在国际饭店内工作是多么快乐！那时他四十岁正当盛年，饭店的地下二层是他蜗居的地方，他虽然辛劳但不失潇洒。我曾见过他那时拍摄的一张照片，身穿西装，头发虽很稀少，但梳理得很有型。他目光炯炯，精神矍铄，一点也看不出是水暖工，完全像一个上层白领。外公靠他的薪水，支撑着外婆在家里带着的一帮孩子。1938年，他把十六岁的大儿子，也就是我的大娘舅，带到了上海。大娘舅先在老太太帮佣的王家住了一段时间，经外公同事介绍，去汽修厂学徒，后来经外公认识的铁路机务处工程师介绍，进了铁路局工作。那时的上海，日本人只占领了租界以外的地区。南京路等租界内的商业，还是十分繁荣的。国际饭店所处的位置在南京路的西端，而南京路以东是中国最繁华的商业区。先施公司、新新公司、永安公司、大新公司等国内大型的摩登商场林立。外公站在饭店内，就可以隔窗俯视远东大都市的繁华风光。可以想象，饭店边上那家豪华的大光明电影院，时髦影星胡蝶、周璇等的巨幅海报，一定吸引着外公逗留观看；马路对面的跑马场上，不时地举行着赛马比赛，那人群的欢呼声，也一定让外公热血沸腾。1941年，外公把他的十八岁的第二个儿子，也就是我的二娘舅，带到了上海，由老太太陈杏妹介绍到王家少爷的妹妹家打工。一年后，经外公国际饭店的同事介绍进了一家汽修厂学修汽车。1945年抗战胜利了，上海街头一片欢腾。外公回到了铁路局老北站工作。二娘舅也跟着外公进了铁路局，利用修理汽车掌握的技术，修起了火车。国民政府接收后的上海，百废待兴。外公会修水暖设备，也算是技术工种吧。因此，他白天在铁路处上班，晚上就到国际饭店打工。此外，上海交通大学也是他打工的主要地方。2009年5月，我趁着去上海交大学习几天的机会，走在空旷的校园内，面对那一幢幢历史遗留的建筑，想起了外公，眼前仿佛有外公的身影。交大的一草一木，也显得十分亲切起来。

1947年，外公把第三个儿子、二十岁的常熟乡下放牛郎三娘舅带到了上海。同年，又把第四个儿子、十七岁的小娘舅领进上海。三娘舅开始学车床，两年后又进铁路局当上了机修工。外公，一个跟着他的母亲不忍饥寒，闯进十里洋场的平凡乡下男子，无权无势，却能够把他的三个儿子安排进了铁路系统，靠的是什么？我想，一定是他的淳朴为人、工作勤奋、与人相处和谐，才让他获得大家认可的。因此，同事朋友的帮助也就在情理之中了。而他引领儿子们从事的工作，虽非白领体面，但却都是让人受用一生的技术性工作。抗战胜利后，技术人才短缺，给三个娘舅立足铁路系统创造了职业条件。所以，新中国成立后全国铁路大发展时期，大娘舅全家于1958年都被安排到了太原铁路系统工作；二娘舅全家于1960年被安排到北京铁路局工作；三娘舅一家，1950年就被派往江西响塘铁路局工作了。由此，他们的子女也大都跟随他们的父亲工作于铁路系统。而我的小娘舅，也就是外公的第四个儿子，在上海当了半年翻砂工，后因工作太辛苦，老太太陈杏妹不忍他再做下去，就留在身边，跟着她在王家做了杂工。每个周末，外公和他的四个儿子都要去老太太那里相聚。王家都非常喜欢我的四个娘舅，而老太太总是烧出一手好菜，让他们大快朵颐。

三

据小娘舅回忆，王家的别墅大院在上海靖江路46号。那里，环境清幽，别墅成群，住的都是富裕人家。而王家大门马路对面住的，是从重庆陪都回到上海的国母宋庆龄。有时，还可以看见宋庆龄出来散步的身影。2008年6月28日的清晨，我从所住的国际饭店1601房间出来，下了电梯走出大门，坐上出租车直奔淮海路。下车后，根据小娘舅提供的方位信息一路打听，路人老者都不知靖江路这条马路。我踏进淮海路上的宋庆龄纪念馆，门卫的一老者告诉我，在美国领馆附近的三角路口，有一处宋庆龄曾经住过的房子，但已空关荒废。我想，找到宋庆龄曾经居住的故居，就能找到老太太帮佣的地方。据说走去并不太远，我就信步而去。约是八点钟光景，离上班还有一段时间。清晨的淮海西路上行人稀少，两边的商业店铺，在喧闹前的沉静中显得十分安详。道路两旁，高大的法国梧桐和绿色的景观，以及装点得多姿多彩的门面，显示出大上海今日的优雅和大气，一切都让我遥想。走在清静的马路上也是一种享受，这种享受，融合着历史的追寻和现世的畅快。我想起了很小的时候，母亲、外婆他们带着我行走于上海热闹街头的情景。那是留存在我记忆深处的对大上海的最早印象。我也想起如今七十多岁，从小陪伴着外婆的母亲，每当她讲到大上海时，都充满着美好的回忆。国际饭店十四楼的星光舞厅灯影摇曳，音乐迷人。幼小的她躲在放音室里，从窗口俯视着那些在细木地板上跳舞的公子小姐，快乐又新奇。她说，国际饭店里的员工每次看到她，都小姑娘小姑娘地喊着她，逗着她。而从常熟乡下来的她，则害羞地躲着。

美国领馆就在淮海路和乌鲁木齐路交叉口，边上是法国领馆。我又问了几个路人，同样回答不知道靖江路。似乎有某种驱使，似乎有历史的感召，当我沿着美国领馆边上高大围墙边的乌鲁木齐路行走数分钟后，一个三角路口呈现在眼前，我顿觉一阵惊喜！那条僻静的岔路，碎石铺道，绿荫遮空，但一看路名却是"桃江路"。这"靖江"和"桃江"有无历史的联系啊？犹豫间走进去，突然看见左边有个坚固的大铁门，门柱上贴着一块铜牌，上面写着"桃江路46号"，高高的围墙内，几幢洋房很是气派。而马路对面的围墙内，也绿树成荫，有老洋房数幢，但年久失修，破败毕现。我在46号前徘徊，宽大紧闭的大铁门没有一丝缝隙让人透视。偶尔走过的路人，并不在意我的踟蹰。我看见斜对面有一个五六十岁的人，就走过去问他，竟然，他告诉我这里原来就是靖江路！是"文革"时改称了桃江路。他说他姓陈，从小在这里长大。从前46号里有几幢老式洋房，二十世纪九十年代，被香港董建华买下后拆了重建了，成为现在的样子。他还说董和从前这里的后代有点关系。于是，我记起了几个娘舅讲过的这46号里的另外一些事情。

　　46号主人王尔道全家，于1949年上海临解放前去了香港。离开时，他们原本把小娘舅带着一起去的，后因老太太不同意才没跟去。我想，如果当初小娘舅跟着去了香港，他的人生将会是另一番模样了。王家全家离开后，花园及洋房由老太太陈杏妹与小娘舅两人看守，王尔道托人每月给他俩生活费。上海解放，46号成了解放军一个机构的办公地。老太太和小娘舅被安置住在边上的一间小屋里。1950年夏天，没有了生活费来源的祖孙俩，从上海回到了老家常熟。从此，老太太陈杏妹告别了生活过四十年，改变了她家族命运的大上海，再也没去过一次。在我少年时代的印象中，居住在常熟乡下的老太太，恬静得像水波不兴的池水，虽然上了年纪，但不失见过世面的高雅气质。她的生活由外公供养着，十分安定。可以肯定，她晚年的回忆，一定是很甜蜜和满足的。她一直跟随服侍的小姐，把她当作姐姐一样地相伴。上街闲逛，外出游玩，烧香拜佛……老太太生活的阅历早已烙上了大上海的富家生活的印记。她改变自己命运的行动，从她二十六岁迈出第一步起，就注定了一个家族的变迁。而常熟佣人作为一个职业，享誉着开埠后的大上海，这和常熟妇女具有优良的人格品质是分不开的。所以，老太太也赢得了乡下左邻右舍的尊敬。每当烧出好吃的菜，她常常盛上一碗，喊上十多岁的我端给隔壁的邻居分享，这在我的记忆中是常有的事。有时我想，平凡的人生和职业，是不能够用贵贱两字来区分的。人格的高尚才是赢得人们尊敬的原因。现在，我们回过头来看民国时代的历史和生活，正是外公和他的母亲有幸融入了大上海的生活圈子，他们的家庭变迁才从贫困中走向光明的。做人的道理从他们一代身上就有了印证。1975年，九十高龄的老太太陈杏妹在常熟乡下无疾而终。我的小娘舅，自从跟随他的祖母回乡后，一直在乡下务农，做过农机员，修过拖拉机。二十世纪七十年代末，当第一辆联合收割机落户常熟时，他驾驶着它很风光地上过电视。

新中国成立后，外公因不能兼职打工了，辞去了铁路局的工作，选择了在国际饭店工作。1956年，他被调到了另外一座有名的饭店上海大厦工作，直至退休。上海大厦以前叫百老汇大厦，建成于1934年，坐落在外白渡桥堍，坐拥外滩风光。

外公退休后，就回到了常熟乡下他在1949年底造的房子里。这幢靠外公收入造的房子，有一个小天井和七间房屋。解放初，政府划分家庭成分，外婆家因拥有这幢房子而被划为中农。在我的记忆里，外公对自己从事的工作从来不提。以前，我也很少了解外公以及他整个家族的上海情结。我儿时的印象外公已经退休，他每月一次去上海领退休金。每当动身去上海的那天，外婆就会早早地起了床，用自家养的母鸡生的蛋，炒上满满一碗鸡蛋炒饭给外公吃。两三天后，外公就回来了，把一个月的退休工资交给外婆。记得他二十世纪七十年代初的退休金是78元，那可是一笔富裕的收入啊！

外公外婆靠这笔钱过着安逸的生活。而我出生在外婆家,在外公外婆身边生活到十三岁才回到父母处。因此,我的童年和少年,也是有外公的退休金保障着,无忧无虑。退休在家的外公生活很有规律,早上起来后,在自家的空场上活动拳脚,锻炼身体。然后,他生好煤炉,拎上菜篮子去买菜,回家烧好饭菜吃好饭后,就打开收音机,听他喜欢听的评弹。

外公活到九十三岁,也就是在外婆去世三年后,在他造的房子里去世了。外公病逝前,为了好照顾他,我们把他接到我们家同住,但住了半个月,他坚持着要回到他那幢已经破旧了的老屋。外公是在回忆一生的美好中离去的。

四

虽然,这座宾馆历经了76年的风雨,但它那灰褐色的外表,在大都市千姿百态的建筑群中,依然风姿绰约。上海国际饭店——这幢建于1932年8月,迎客于1934年12月的完美建筑,这幢让我的外公度过了生命中近二十年的建筑,今晚,我轻轻地推开你旋转的黄铜大门,踏进富丽辉煌的大堂,来亲近你、辨别你、感受你了。住在16层靠窗的一个房间,临窗而望,昔日的跑马场、现在的人民广场,已被绿化和风格各异的建筑覆盖。只有那弧形的马路,还依稀辨认出是旧时的赛马道。南京路上闪烁的霓虹、华丽的灯光,让夜空变得如梦如幻。房间里,那些欧洲古典主义风格的家具,精致考究。宽阔的大床十分舒适，躺在上面柔软温馨。但我不能沉睡，我的灵魂还在和在这里工作、生活了二十年的外公神会。大堂酒吧的环境十分柔和，只是咖啡的味道因制作简单而失却了醇和。二楼过道的墙壁上，挂着往昔那些发黄了的照片，那是大酒店的明证，它们静静地释放出一种情愫，就像从一支短笛上吹出的缠绵轻曲，让人顿生怀恋和感慨。那些玻璃橱窗内陈列的银制餐具，是二十世纪三十年代欧洲的产品，作为饭店辉煌时期的一种荣耀。舞厅，那个设于十四楼的，能自动打开宽大天幕、仰望星空的舞厅，已经改作了宴会餐厅。天幕上的彩色玻璃还在，只是已被固定不能打开。而那些用一块块细木条拼装的橡木地板，虽然经过76年的踩踏，如今仍旧保持着原来的面貌，踩上去坚固结实。外公以及他的儿女们，抖落掉身上的尘埃，曾融入这里，张望着、感受着世界的缤纷和华丽。今天，我的抵达与巡游，带着一个家族的渊薮和灵魂的感召。我的眼前又出现了外公和他的儿子们身穿笔挺西装的身影。那个前年刚见到，但去年已去世的三娘舅，在二十世纪四十年代曾在这幢大楼的一楼，那家叫作"光艺照相馆"拍的结婚照，一直挂在外公外婆的卧室，直到他俩去世。照片上，哪里有曾经是江南农村乡下放牛郎的影子，分明是一对十里洋场上的时髦新人。三娘舅西装笔挺，三姨妈婚纱盛装。在这幢由西班牙著名建筑师邬达克设计的不朽建筑里，我到处触摸着仍然是经典的气息。上海，这个距离我家乡一百多公里的大都市，这个和我的整个平民家族有着千丝万缕关系的城市，竟让我激动，甚至让我的眼睛有些湿润……

五

最初对上海的印象大约在我四五岁的时候。那天，母亲、外婆她们带着我走在大街上，我张看着这个十分新奇的世界，走了很多路，走不动了，要大人们背。不知谁买了一根拐杖似的棒糖给我吃，我又快乐地行走起来。而整个对上海的记忆却是非常模糊，没有概念。在十八岁前，上海于我是遥远的他乡，其间没有去过一次。少年的我，在常熟乡下读书、务农、养鸡、呼鸭。父亲有两个同父异母的姐姐从小生活在上海，印象中大人间基本没有什么走动。而暑假里，几个表姐表哥从上海来到常熟乡下，跟着我和一帮表弟们，在屋边清澈的河里学游泳。从小生活在大上海的表姐表哥们，对乡下泥土的亲切超过了他们的母辈。他们的母辈是因为贫困，才通过在上海帮佣的我的隔房好婆带出去的。从此，他们成了我的家族除了外公他们以外，另一支在上海生根发展的血脉。在我十八岁那年，我带着十四岁的妹妹去上海伯伯（即父亲的两个同父异母的姐姐）家玩。其他的印象已经淡忘，只记得在大伯伯家狭小的房子里，当我们第一次看到那台黑白的、九英寸电视机时的惊喜，至今依然难忘。当时，电视机里正放着电影《甜蜜的事业》的插曲《我们的生活充满阳光》，当新奇的电子琴悠扬地响起，当那个男青年追着女青年的蒙太奇慢镜头出现，我的心也飞起来了。我仿佛感染到了他们爱情的幸福和甜蜜，充满着憧憬，生活是多么美好。从此，这首歌的旋律伴着电影中的慢镜头，时常闪现在我的眼前，成为我青春时代美好的向往。

再一次去上海时，又隔了十年。十年，人生中有几个十年啊！我要结婚啦，我和妻去大上海采购结婚用品。妻是同厂的女工，她爸是陈毅部队第三野战军二十七军七十九师二三五团三营七连的报务员，迟浩田是他的指导员。渡江战役打过长江、解放江阴后，他调入刚成立的人民海军。常熟解放，他被安排文化学习。丈母娘是纺织女工，经人介绍认识了我的老丈人——这个出生于湖北红安的解放军战士。上海解放后，他就转业留在了上海工作，并把他的大女儿带进了上海。于是，妻子家族中，又有了一脉融入上海这个城市的血液中了。那天，我和妻子走在南京路上，观赏重于采购。那些眼花缭乱的商品非我们所有，我们的口袋里只有几百元钱，我们只是买了一些瓷盖杯、皮鞋之类。在二十世纪八十年代中后期，所处小城的青年要购买结婚用品，大都坐着公共汽车前往上海购买。只有大上海才有那么高的楼、那么大的店、那么多的商品。我们整整走了一天，妻几乎每店必进，十分留恋地观看着那些时髦的东西。而我因囊中羞涩，两腿也显得无力了，以致不想进入那些店铺。后来，我就索性坐在每家商店门口的街沿砖上，等待妻子进去一饱眼福。傍晚时分的南京路，有了稀疏的霓虹灯火。我们十分疲倦地行走在这个并不属于我们的世界里，只想回到家里喝上一杯热茶。婚礼办好后的第三个月，我和妻又因为去北京游玩而去上海乘火车，便提前一天去了上海。那次，我们去了我的上海二伯伯（也就是我父亲的二姐姐）家居住。谁能想到二伯伯家是那么小啊！他们一家七八个人，挤在闸北区两间加起来不足40平方米低矮的老房子里。二伯伯去兰州她的丈夫那里探亲了，已经是午饭时分，没什么吃的东西，二表哥下了两碗咸菜面给我们吃。下午，大表哥表嫂带着我们去老城隍庙、大世界转了一大圈。说来惭愧，虽然家族中有许多人在上海，但由于很少去上海，对上海除了觉得城市大、商店多、楼房气派以外，其他均没什么印象。那个大世界游乐园，也是在我五六岁时，随外公外婆、母亲他们去过，哪有什么概念啊！我不知道这是人生的悲哀，还是命运的安排，反正，当二十八岁的我，于二十世纪八十年代末踏进大世界——这个当年远东地区最大最时髦的第一娱乐场所时，还是像刘姥姥进了大观园一样。大世界依然人山人海，我们在那些有名的、也是我第一次见识到的哈哈镜前照观，那情景好像我不是二十八岁，而是八岁的年纪。以后五年，我对上海的印象，都是从那台妻子陪嫁过来的上海牌电视机的新闻画面里感知的。

六

二十世纪九十年代后，上海与我越来越近。随着我工作的变化、工资的提高，我有了更多的机会去上海。

1992年4月，我调入市外事部门工作，上海于我不再陌生。每次去上海公差，外办的那辆日本"蓝鸟"黑色轿车，灵巧得像一条鱼游进大上海。美国、日本、法国、俄罗斯、澳大利亚等领馆的门口，都有了我的身影。由于工作来去匆匆，基本是常熟—上海两点一线，办完事情就返程，上海是车窗外流动的风景。省外办驻上海办事处有一个很能干的刘姓女子，她跟各领事馆的关系非常好，我们有什么急事难事，都找她。一直麻烦她不好意思，有次，我们办完事后请她吃晚饭，她把我们带到地处外白渡桥附近乍浦路美食一条街，在一家灯光明亮的餐厅落座。窗外，美丽灯火中的这条有名的美食街热闹非凡。我第一次在夜上海的光影中喝着美酒，不胜酒力，坐上汽车晕晕乎乎，一觉睡到了家门口才被司机叫醒。

以后，特别是1997年从事旅游工作后，上海和我就更加亲近了。每年，我都要去上海住几天，上海国际大都会感染着我，给我以生活的激励和奋进。有时去上海，我还住在外公工作过的酒店，以感受三代人的气息。

以前，我一直认为外公是在上海大厦工作并退休的，直到那次家族的聚会，才知道外公是新中国成立后从国际饭店调到上海大厦工作，并退休的。外公在上海大厦仅工作了六七年，退休后就回到常熟老家了。我曾多次住在苏州河畔黄浦江边的这幢呈八字形、古铜色的现代主义风格的高层酒店。每次入住，都会给我带来一番遥想。这幢当初叫百老汇的大厦建成于1934年，靠河的房间都能饱览黄浦江风光和苏州河的秀色。典雅的大厅，悬挂于大理石墙壁上发黄的老照片，就像时光隧道。房间虽然经过现代化的改装，但仍然保留着复古的装饰。窗台下地板上的那只用于逃生时系绳的、发亮的黄铜环，呈现出酒店细节上对生命的关爱。窗外苏州河沿岸的建筑风光，黄浦江两岸古典和现代建筑的对话，一切都在夜色里释放着浓浓的情愫，让我感受着大都市演绎的炫目光环。自我这辈开始的人生，已不再需要像祖辈那样挤入大上海这样的城市，去生存和发展了。当我漫步在宾馆边的外白渡桥——由英商设计、建成于1907年12月的钢结构美丽大桥时，我无疑是国际大都市的寻访者和静享者。我的脚步踩在一百多年来被无数的过客踩得发亮的桥面上，历史的尘埃顿时飞得无影无踪。春天的气息，夏天的微风，秋天的月影，冬日的暖暖情怀……都会让我百感交集。我终于明白，我为什么会对上海这个城市特别感到亲切了，原来，我的血液里，早已融入了几代人对这座城市难于释怀的因子。每次在外滩的漫步，每次在苏州河边的驻留，每次对浦东摩天大楼灯火辉煌的眺望，我灵魂的巡游都会闪现出几代祖辈的身影，顿生出无限的感慨，我的诗心也因此释放出缕缕的馨香。

最近十多年的上海之行，我都是作为一个游客，或者更确切地说，是一个度假者而融入的。外白渡桥上凭栏倾听的笛声，让我追寻着黄浦江闪耀的金光作无边的漫溯。淮海路上那些百货大楼的名品，盛装起我的视觉世界。在古典的咖啡店内，静静享受着烛光，边品着喜欢的咖啡，边翻动着书页，时光是那么美好。新天地的圣诞树星光灿烂，雪花飘落在石库门狭狭的弄堂内。爵士舞、迪斯科、萨克斯风，以及那些摩登女孩扭动着曼妙的腰肢……在大上海的夜色里，我已经成为一滴水，融化在她的温柔中。

七

最近几年的两次去上海，是我生命中抹不去的记忆！一次是七年前，我与父母一起去参加大伯伯的九十大寿宴请。母亲自二十世纪六十年代至今，五十多年间未曾再去。这五十多年，母亲结婚，生了我们三个子女，一切为了生存，务农、进社办企业，直到退休。上海于她，已经是陌生的世界。在大伯伯家附近的饭店吃了午饭，下午的空余时间，我就带着她与几个亲戚去了国际饭店。母亲没有从那个黄铜制的旋转大门进去，她领着我们去大楼后面寻找后门。她说，新中国成立前她十多岁时，经常从后门进出。结果没有寻找到，门早已砌掉。我领着她从旋转大门进去，在大堂，七十六岁的母亲说，从前的员工见到她，都"小姑娘、小姑娘"地喊她。她指着电梯旁的一间关着门的房子说，以前那里是照相馆，三哥的结婚照就在那里拍的。我带她上了十四楼，见星光舞厅已改成餐厅，她有些激动，环顾四周说，地板没变，仍旧是细木条拼出来的。她指着左上方的位置说，以前那里有个放音室，她常躲在里面看跳舞。她沉浸在少女时代美好的回忆里了。

走在南京路上，我早已对现代的装饰与节奏习以为常了。而母亲不一样，她的记忆和现实是脱节的。她和亲戚们走在南京路上，并未在意那些林立的、装潢华丽的店铺，径直朝外滩走去。途中，她们坐在街边花园的凳子上休息，开心说笑的神情如在眼前。从外滩到外白渡桥，从外白渡桥走进了上海大厦。1956年，外公从国际饭店调到上海大厦工作。二十世纪六十年代中期，外公退休。其间，母亲肯定带着我多次去过上海。而我四五岁去的那次，可能是母亲五十年里最后一次去。其后的三十年间，父母为抚养我们兄妹三个，支撑着一个家庭的生存而劳作。在我幼小的记忆里，家里好几年年终结算工分都是负债，直到二十世纪七十年代末才有好转。这期间，他们哪有心思和财力去大上海啊！从八十年代到九十年代，我、妹妹、弟弟进入青年时代。家里造屋、办婚礼，等完成我们的大事，他们也老了。

陪母亲最后一次去上海，是参加完大伯伯九十大寿宴后三年，她的眼睛因青光眼而看不见了，去看病。我们停好车走进一条街，竟然是"桃江路"！我马上告诉边上的父母这里就是老太太陈杏妹帮佣的地方，也是母亲小时候常去的地方。在46号大门前，母亲眺望着这个围墙高高、大门紧闭的深宅大院，没有我想象中的激动。她只是轻轻地说，眼睛看不见，看不见了。我与父亲挽着她，踩着从前就出名的弹石子路，走到46号门前留影。然后，扶着母亲走向医院。路上她没有说一句话，似乎，她觉得大上海并不是她的了。

后来，我又去过几次上海，带着我的征尘与行色。上海于我，多了许多沉静和思索。自从两年前母亲和父亲相继去世后，我的上海又多了沉重……

四丈湾 176 号

——棉纺织厂记事

二十世纪八十年代，是纺织企业的全盛时期。我有幸在当时常熟最大的企业工作过十五年，度过了人生最美好的时光。我一直认为，不管是辛苦的三班制工人，还是常日班技术工，以及后来的科室、共青团工作，都是丰富我人生的美丽工作。十年前，我就动笔要写下那段经历，但写得一直不满意。毕竟，十五年的人生太丰满了，我难于驾驭广阔的题材，那些属于我的棉纺织厂生活，是我人生盛开的花篮……

我们这个村庄坐落在城乡接合部，它包围了我所生活的这个城市的西南面。江南古城，老街都很狭窄，且大都靠河，四丈湾就是这样一条街。顾名思义，街的名称给了这条街特定的含义。数百年来，它承载了古城通往南郊和外市的交通。村里村外的人进城，必须经过这条并不宽畅、有数公里长的老街。起码，它在清代早期以前就已经出现了，建筑大都是清代、民国的房子，很多房屋一进连着一进。那些弯弯曲曲的支巷，把四丈湾的幽深引入无边的境地。人走在狭小的碎石路面上，会觉得有一种旷古的气息与你交融、神会，这是历史老人沧桑的身影，沐浴着斜阳夕照、星辉月色，向你叙述往日的歌哭与歌笑。而176号就是我们的棉纺织厂，它的全称叫"国营常熟棉纺织厂"。二十世纪八十年代之前，红砖砌的厂房，由北向南延伸了几乎大半条长街。我进厂时才十七周岁，那时，我已经有了在供销社回收站工作过两年半的经历。但工厂生活是异常新鲜的，就连上班路上，走在那条弯弯曲曲的四丈湾街巷中，也是美好的。

176号的大门临街开在四丈湾的中段，沿河是一个码头。市河叫元和塘，也称州塘河，它和大运河相连。因为是唐代元和年间开凿，并通向苏州府，故名。石驳岸边，经常停着铁驳大船，等着装运棉纱、布匹。或者，运来一船船打着大包的棉花。厂门右边是传达室门卫，它窗台下的墙上，总是挂着一块小黑板，上面写着收信人的名字，走过的人都会看一眼黑板。

到了上下班时间，四丈湾里全是女工的身影。她们讲话的声音与脚步声、自行车的铃声等一起，滚动、流淌在老街上，散入两边临街的窗户里、门缝中，成为住在街上的人们每天日常生活的市声。二十世纪五十年代以后的数十年，四丈湾很热闹。那时，它不需要静默，它需要释放和蒸发。老街上有很多店铺以及商家的库房，有盐业公司，有供销社的网点。卖肉的铺面就是最早的市声，挑着菜担上市的身影，则是街尽头乡村农人赶早的风景。常常，一担新鲜的蔬菜还未挑过一条街，就被那些老房子里的人们买光了。茶馆，那种垒在门口的七星灶，大铁锅里的水烧得滚烫。四方台上围着新老茶客，他们不紧不慢地聊天啜饮，谈论着发生在身边的新老旧闻。这可能就是老街上唯一的公共场所了，喝茶是次要的，交流是主要的。纺织厂自一九四五年五月建厂后，机器声一路响过来，女工的脚步一路踩过来。四丈湾感受到了她们的心声。打腰鼓啊，打连厢啊，铿锵锣鼓啊，伴着歌声和秧歌的舞步，成为四丈湾里流淌着的活力因子。历史的每一次嬗变，纺织女工都有深切的感受。她们的心跳和机器的轰鸣交相辉映。下班时的笑声在老街上一路蜿蜒，青春的身影融进了古城的大街小巷……

三班倒

三班倒是纺织厂的术语，纺织机开动后，二十四小时不停歇地运转，工人早班、中班、夜班每周轮换上班。

我进厂后，有五百多天是在轰鸣的机器声中度过的。早班7点到15点，中班15点到23点，夜班23点到次日7点。每天上班，迟到是绝对不允许的。因为，每人的工种都像一颗螺丝顶一个岗位。如果你不提前请假而没有去上班，你的工作就没人去做，生产就会脱节。为了不迟到，我曾经采取各种手段让自己能在睡梦中醒来，闹钟便成为我枕边最好的伙伴。寒冷的冬天，温暖的被窝是多么让人留恋，闹铃却把我惊醒了！让我再眯一会吧，而这一眯，往往会让我又深深地睡去。才十七周岁的我，正是蒙头大睡的年纪。那时房子小，父母睡在隔着一间的房间里，母亲唤我起床上班的声音，直到我从床上爬起来才停止。而这一切，往往是上早班的事情。最犯困的是上夜班。吃过晚饭后就早早地睡觉了，眼睛却怎么也合不上。我从一数到一百，甚至二百都无济于事，最终还是爬起床来，点上煤油灯，翻着杂七杂八的旧书，等时间快快地转到上班前的那一刻。

从家里到工厂，慢走四十分钟，快走也要近半个小时。顺着那条元和塘运河边的土路走，有几块荷塘、数亩菜地。过了那家空气中飘着氨味的化肥厂不远，就走进长长的四丈湾了。我为进入这家工厂工作而十分自豪。在计划经济时代，能在这个全县（当时常熟称县）最大的工厂当一名纺织工人是很不容易的。棉纱布匹不愁销路，工人收入稳定，福利待遇处于全县企业前列。而且，它建厂以来的发展历史，常常让职工引以为豪。我没有自行车，双脚走得十分轻快。上夜班的时候，路上夜晚的灯火非常稀少，城乡接合部没有一盏路灯。有月亮和星星的夜晚是美好的，我可以早点出门，走出村口，看星月下运河两岸的风景。那时的运河不像现在这般寂寞，夜航船一艘艘地驶过，"嗒嗒"的马达声伴着"啪啪"的拍岸水声，深夜生命的气息依然浓郁。踏上老街的碎石路面，稀疏的路灯照着我长长的身影，我就觉得自己融入城市的怀抱了，农民的儿子当上了工人是多么幸福啊！那些震耳欲聋的纺织机声，会时常回响在我的耳边，成为生命中习以为常的声音。

我很珍惜我的工作，为了不让自己上夜班迟到，叫醒的闹钟一只不够买了两只，设定在同一时间闹响。其实，平时听惯了纺织厂轰鸣的机器声，耳朵早已对喧闹麻木了。因此，对闹钟铃声的反映也变得很迟钝。有一次，我睡眼惺忪地爬起床来，拿了一只预先装好饭菜的搪瓷杯就走，路过村里一户人家挖在路上的石灰池，竟然跌了进去。爬出来时，浑身都是黏黏的湿石灰，奔回家胡乱地擦洗了一番，拿着尚未打翻的饭菜搪瓷杯就一路小跑上班去。走进工厂车间，工友们见状大笑，原来，我的头发上还粘着湿石灰泥。而打开饭菜杯，里面的饭菜都与石灰泥混在一起了。从此以后，我每当上夜班，再也不敢睡觉了，把那些去新华书店排队买来的文学名著拿出来，一本一本地读。昏暗的灯光下，翻动书页的声音到现在还那么清晰。每当读到精彩的句子或描写，我就抄录下来时常阅读。不觉间，很快就到了上夜班的时间了。我夜读的习惯就是在那时候养成的，即使是现在，每当坐在写字台前打开台灯，马上就会静下心来，进入一种境界，灯下阅读的快意一直陪伴着我。

随着港台电影的放映，长头发、喇叭裤也获得了一些喜欢标新立异的年轻人的青睐。工厂像社会上其他企业那样，严格禁止男青年留长发、穿喇叭状裤管的裤子。一段时间，上班时厂门口站着值勤的干部，对违反上述规定的人，发现了让其回去理了发换了裤子才能进厂上班。而我对这一切毫无兴趣，也不会去追随，一心扑在工作上。所从事的工种在工厂的年度操作技能比赛中，每每都能获得奖项。每天下班后，捧着书本度过青春时光。我开始写日记，现在翻阅那些已经发黄了的小日记本，时常会因当初的文字而笑出声来。

　　班上有个女孩长得十分漂亮，我发现她时常盯着我工作时勤奋的身影。当我定睛看她时，她却像一只受惊的小鹿，随即逃离了目光。朦胧的直觉告诉了我什么，我开始被她修长的身材、古典的气质、姣好的面容所吸引，并有事无事地到她工作的车弄内停留。一种无形的，但却彼此能感觉得到的磁场，在我们两人之间释放，世界变得十分美好，工作着也是异常美丽的。在某个夜晚，我终于鼓起勇气给她写了一封信，大概只一张信纸，开头的称谓是×××同志，其他到底写了些什么，已经想不起来了。在上班路上，路过那个化肥厂旁的小商店时，买了张邮票贴好塞进了邮箱。信寄出后，我一直忐忑不安，她收到了我的信会怎么想？假如拒绝了我，我岂不颜面都没有了！我每天在工厂门卫的来信小黑板上寻找着她的名字，一天过去了，又一天过去了，终于在第三天见到了信已寄达在工厂的门卫处。我既盼望着她能马上拿去，又有些懊悔自己冒冒失失给人家写信。在吃午饭前，又去看小黑板，见信还在，心中顿时有了一些安稳。下班时，发现信还没被取走，觉得反而有些轻松的感觉。连续两天，信还躺在工厂门卫的抽屉里，未曾引起她上下班路过时的注意。现在想想，当时她十八九岁，估计还从未收到过人家寄给她的信呢，怎会去留意工厂门卫的来信小黑板啊！我失眠了，感觉惶惶不安。终于，第三天上班后鼓足勇气，去门卫冒充×××叫我来帮她取信把信取走了。在返回车间的路上，我如释重负，真想放声唱歌，脚步也变得轻快了。如今，我偶尔翻到这封尚未启封的、我人生中寄出的第一封情书时，不禁为自己从前的那种不知所措的复杂心理而觉好笑。这封已经褪了湖蓝颜色的小信封，三十多年来我一直没有打开，它封存了一段美好的回忆。后来不久，她休长病假后调离了工厂，我从此再也没见到过她。

在进厂第三个年头的春天，我调到了常日班学修纺织机，成了一名机修工人。从此，我彻底告别了三班倒的工作，有了新的发展。

停电以后

停电，是二十世纪七十年代末八十年代初，纺织厂几乎每天都发生的事。那时我们不叫停电，叫"避峰"，也就是避开用电的高峰，一般都在上中班的晚上发生。特别是夏季的傍晚，轰鸣的纺纱机因停电戛然而止，整个车间一片寂静和朦胧，女工们高兴的叫声回荡在车间宽大的空间。她们用纱管敲打铁皮箱的"砰砰""嘭嘭"声，仿佛是劳累后的释放。三班制工人连轴转地生活，停电便成为辛勤劳作的休息。

车间里的高温让人的衣衫都湿透了，大家都涌到车间外的空地上乘凉。暮色中的夜空，星星闪烁着。我们三五成群，围在一起，享受这停电带来的两三个小时的美好时光。草丛里的萤火虫到处发着光亮，我们的歌声也响了起来："十五的月亮升上了天空哟，为什么旁边没有云彩……"我们都很年轻，好多歌都是第一次听到，心里总有为什么的问号。但歌都是姑娘们在唱，我们这些势单力薄的男工只有听的份。这边的歌刚唱完，那边的歌声又响起，一堆堆人，一首首歌，整个场景好像赛歌会。我们的车间是全厂人数最多的，有六百多人，仅我们一个班就要一百五十多人。此起彼伏的歌声，在夜幕下飘得很远，我们觉得凉快了起来。女工们唱起了"花儿为什么这样红，为什么这样红？……"我们带着十八九岁青春的梦想，带着美好的向往，青春纯洁的心花，在停电后的夏夜里绽放。

女工们凑在一起，常常会小声地议论着姑娘家和女人们的事。每当这时，男人们往往会自觉地避开。女人们"吃吃"的笑声和私语声，就像一群夜莺在夜色中振翼。

停电以后，男工们的嗓门都是很小的，在女工面前说话要小心翼翼，一不当心说了她们的坏话，就会被她们团团围住，七嘴八舌，直把你说得眼瞪语噎。历经纺纱机轰鸣声的磨炼，她们一个个嗓门清亮，嘴快手快。有一次，有个男工吹牛皮说"一个男人可以打十七八个女人",一下子就像戳了马蜂窝,女工们一拥而上,把他按倒在纱堆里剥裤子,弄的他狼狈不堪,讨饶不止。

人们常常赞美纺纱机的声音就像人生的交响乐,但真正身临其境,你才会觉得要适应那样的环境很不容易。值车女工要不停地在车弄里来回走动,纱断了,要灵巧地接上,纱管满了,落纱工就要飞快地一手拔下满绽的纱管,一手插上空纱管。后来有了落纱机,减轻了女工的工作量,但还是需要人工去填补遗漏掉的纱管。如果粗纱没有了,扛纱工要肩扛着沉重的粗纱筒,高高地举起,放到纺纱机的顶上。如果车坏了,跟班机修工要及时地修理好。这些环节都是紧密相扣的,一个也不能有差错,不然生产就要脱节,甚至影响产品质量。我们车间有一百二十多台纺纱机,工人们分工明确,都在各自的岗位上忙碌。一到夏天,机器热量的散发,让整个车间像一个大蒸笼。温度常常达到四五十度,加上噪声,不工作都很难受。而那时还没有空调,降温的设施只有从外面运来每块数十斤重的冰块,放在大木盆里,每隔一段距离摆放在车间降温。但往往杯水车薪,效果甚微。所以,停电就是快乐,停电就是最好的降温。停电了,放眼望去,整个厂区一片漆黑。我们喜欢去工厂大门外面那条四丈湾老街闲逛,踏着碎石路面,几只昏暗的路灯拉长了我们的身影,穿弄堂的小风吹散了溽热。而居民们对停电早已习以为常,家家都点起了蜡烛或煤油灯。那种如今称为古董的灯具,在二十世纪七八十年代，几乎家家户户都有。沿街一路走去，微弱的灯光映照着低矮的老房子，给老街增添了神秘。运河依然是热闹的，白天繁忙的棉花码头一片寂静。河中夜航的挂机船声音划破黑夜的静默，把喧闹声撒向两岸。咿呀的手摇船来往不绝，船上亮起的桅灯，像夜航中的眼睛，一路眨向夜深处。

一年到头，工厂的机器声不息。只有停电，才使连轴转的工厂得到了喘息。也使工人们有了时间交流各种信息。来电了，当整个厂区一片光明，大家的欢呼声，同样带着一种雀跃的心情。人们马上停了歌声，打住了话题，扑向自己的工作岗位。

车间的机器声又响起，我们忘记了停电时的那一刻。

黑板报

黑板报是工厂的宣传阵地，是企业文化的一种表现形式。我最早见到的黑板报，是在古城的大街小巷里。那些街头的黑板报，大都是长方形的，用水泥砌了边框，漆着黑色的油漆。这是居委、街道的宣传阵地。国家大事、社情政策、好人好事，等等，可以在几平方米的黑板报阵地上展现，让缺乏读物的人们驻足阅读，成为街头的风景。

真切感受到黑板报的魅力，是在我进了棉纺织厂工作以后。十七八岁，青春勃发，没有书籍可读。厂区大道上那几十米长的黑板报，是我获取知识和信息的园地。时值二十世纪七十年代末，国家已经从"文革"的痛苦中走出来。工厂党委取代了革委会，从上到下所形成的激情，和一股抓生产建设的干劲，我们可以通过黑板报而感受到。国家的大事和波及我们县城的每件事情，无不影响到身处轰鸣车间里的我们。而这一切，我们大都是通过黑板报上的信息传递来知道的。

孙师傅是车间里的保养工，也是车间工会的副主席，四十多岁，写得一手好字。厂区的黑板报分割成每个车间一块，各自展示风采。我们细纱车间的排在第二块，面积有五六平方米，大概十天出一期。开始时，由孙师傅包揽，后来他发现人才，培养了我们几个年轻人一起来编写。

进入八十年代，毕业分配进厂的年轻人多了起来。原本由宣传科、工会负责出黑板报的工作，逐渐由团组织的团员青年接手。我是车间机器修理工，同时还兼常日班团支部书记、车间团总支副书记。因为爱好文学，自然成为编写稿件、出黑板报的主要成员。刚接触黑板报时，粉笔一写就断，字也歪歪斜斜。我就去新华书店买来了不少参考书，什么"美术字的写法""怎样编写黑板报"等。空闲时，拿一张白纸，做版面设计和排列搭配练习，也经常拿着粉笔在水泥地上画画写写，俨然像个版面编辑。而更多的，是挖掘车间里字写得好、画画得好的人一起来出黑板报。渐渐地，我们有了一支小小的队伍，每次都在工厂黑板报比赛中夺冠。在厂区的那个长长的黑板报阵地上，我们这个全厂最大车间的信息传播是最快的，版面设计也是最美的，我们因此常常感到自豪。为了配合厂部工作，我们开展职工生活调查，从一个家庭的经济收入、生活状况，来反映社会发展的变化，和生活水平的提高。许多数据，都是我们去职工家里采访后写出来的。黑板报一出，吸引了大家驻足观看。当文学成为八十年代初的一股大潮时，我们的工厂也起了波澜。我们成立文学社团，编写油印刊物。工厂的黑板报自然就成为一个园地了，小说、诗歌、散文、特写、街谈巷议、带刺的玫瑰……诸此之类，应时而生。每期黑板报的文学专辑，鲜明的版面，彩色的插图，清新夺目，给厂区大道增添了无限魅力。往往，一期黑板报还没出好，边上早已围上了许多观看的人群。因此，每次出黑板报就成了我的工余、业余时间的乐事。各种颜色的搭配，可以调制出不同的色彩，我们美化了黑板报，也美化了厂区的环境，同时也美化了自己的心灵。

老山、者阴山前线战火纷飞，猫耳洞里保家卫国的战士们在浴血奋战的精神，激荡着我们。我们就发起了"给前线战士一封信"活动。一封封纺织女工的慰问信，飞向了云南两山前线战士们的手中。战士们的回信也一封封寄到了纺织女工手里。于是，黑板报成了青年通信共鸣的园地。战斗前线和后方火热的生活写照，在这个有三千多职工的大企业中掀起了波澜，热血青春谱写的激情，在为"四个现代化"建设的共和国主旋律中昂扬。时至今日，我依然觉得那时的我们很充实。我一直认为，在人的生命中，总是要有一种精神存在的，这种精神是给人以奋进的，是不以物质的引诱而泯灭的，是支撑人灵魂的力量。

现在，我们早已进入了信息时代，生活中已经有了无数阅读的载体。在我们的城市中，已很少见到那些分布在大街小巷里的黑板报了，企业中也没有了它的踪影。而三十多年前出黑板报的经历，却不时浮现在我的眼前，成为生命中不可磨灭的印记。

老三届和七〇届

老三届是我国历史上特有的一个称谓，它是指一九六六年到一九六八年，因"文革"停课而同时集中在一起毕业的初、高中学生。他们毕业后，除了个别病残者，基本上都去了农村、农场插队务农。我们厂的老三届职工，是"文革"结束后从农村、农场回来的返城知青。还有一部分是一九七〇年初中毕业后，去了苏北生产建设兵团的返城知青。他们大都是男工，安排在我厂的各道工序上，工种主要是机修工、电工、保全保养工，以及粗壮力工，如扛纱、拖纱工等。由于他们经历了农村的艰苦劳动锻炼，返城后十分珍惜现有的工作。吃苦耐劳，奋发有为。他们中后来有不少人走上了工厂各级领导岗位。也有一部分人经过努力，被招考或调进了县各级机关、部委办局。仅公安部门，就在我厂招收了几十位警察,后来大都成了领导。

机修车间是老三届聚集的部门,大都是男工。纺织厂的一些设备零件坏了,就由机修车间维修、制造。这个车间可以说是厂中之厂,那些手艺高强的锻工、钳工、车工等,基本都是老三届的单身回城男青年。他们成为纺织厂众多女工眼中一道瞩目的风景,好多人成为厂里的双职工家庭。

厂里的七〇届职工也是一个特别的群体。一九六六年"文革"开始,本该小学毕业进初中读书的这批学生因停课,直到一九六八年,才与三届毕业的小学生一起升到初中读书。当时,初中已改为二年制。三届学生在一九七〇年同时毕业,被称为新三届。这些学生的去向成了多元选择,一部分出身成分好的升了高中,一部分去了苏北生产建设兵团,和本地的农场、林场等。当然,也有一些人进了本县的各类工厂。我们纺织厂进了一百多名应届毕业生,而且大多是女生。自五十年代以来,纺织厂工人的增加都是靠同业兼并,很少大规模地招工。一九七〇年,一下子进了这么多新生力量,给企业带来了活力和生机。同龄人大都下放去了农村,能进工厂是很幸运的事。因此,他们很珍惜来之不易的工作,不管在三班倒生产岗位,还是在其他工作岗位,比学赶帮超的精神,一直支撑着他们的工作热情。到了一九七八年八月我进厂时,他们都是二十五岁左右,不少已在班组长的岗位上成为骨干了。

孙师傅是七〇届进厂的,认识他时,我已从三班倒调到了常日班做保全工。所谓保全工，就是当车间的机器工作了一定时间，就要停机维修，使机器的各个系统、各项性能达到优级，以确保棉纱的质量。孙师傅工作非常认真，每天的工作是给机器加油、擦拭，经常一身油污，一脸真诚的笑容，释放出劳动的快意。他年年被评为厂里的先进生产工作者。以前的国营企业，工资都是按照上级的政策统一增加。有时，会有一定比例的指标下达到车间。记得有两次，当工厂、车间决定把关系到切身利益的百分之三加工资名额给孙师傅时，都遭到了他的坚决推辞，把名额让给了别人。其实孙师傅一直是很清贫的，生活节俭，没有像样的一件衣服。夫妻关系不太好，有一个女儿也在厂里当纺织女工。前几年的一天，我在南门坛上遇见他，二十多年不见，他依然很精神，虽已七十多岁，但并不显老。衣着依旧朴素，手里拿着个玻璃茶杯，对我说到茶馆吃茶去。

七○届女工周国萍，是我们车间以及纺织厂的一面旗帜，是全国十五名优秀操作能手之一。我在车间工作了七年多，还真没发现她有什么特别之处。二十六七岁，人长得瘦弱，言语不多。见到喊她，脸上的笑意让人觉察不到。就这样一个表面看上去文弱不起眼的女子，却以速度快、高质量及动作的干净利落，获得了市、省、全国各级技能操作比赛的最高荣誉。得到了荣誉，她还是很平静地做着三班倒的挡车工，带了一大帮徒弟直到退休。而她的徒弟中，有不少也在厂级、市级比赛中获得了冠军。

还有春英，她是车间里的保养工，二十四五岁，即使穿着肥大的工装裤，也难掩她的苗条和白净。她好看的细眼睛常眯在一起，性格温和柔顺。我们常看见她动作敏捷地给机器加油、除尘，保养工作做得既快又好。而更多的是大家对她生活节俭的议论，到了待嫁的年龄，为了给自己置办嫁妆，平时吃饭舍不得买菜，大多数时候是一只咸蛋、一碗食堂免费供应的冬瓜咸菜汤。有时，甚至连咸蛋都舍不得买。那时的女工，为了体面地给自己多置点嫁妆，除了节约再节约，没有别的生活来源。后来，她嫁给了一个军人，日子过得很平静。

七〇届的那些工人，到了八九十年代纺织业全盛时期，都成为工厂管理中的中坚力量。

学技术

常熟企业的现代化管理，应该是从我们纺织厂率先开始的。其实，作为一个县级的大型企业，我们厂成立于一九四五年五月，当时叫"元生纱厂"，是已经接受了西方比较科学管理体系的上海民族资本家来常熟开的。他们将先进的管理模式带到了常熟企业的管理中，如工艺设计、工效挂钩、劳动纪律、出勤管理、奖励考核、晋级制度等。随着社会的变迁、企业的发展，企业管理也逐步完善规范。因此，不论是成立初期的股份制私营企业，还是后来的私私合营、公私合营和国营企业，或者在二十世纪九十年代中期，最终又回到了私营股份制企业，其不断改进的企业管理制度，无不是支撑着企业发展的基础。八十年代初，工厂全面引进现代化纺织设备，以及日本先进的管理模式。从改变职工形象入手，统一着穿工作服上岗。工厂发的那套米黄色夹克式工作服，替代了女工的白饭单、男工的工装裤，让全厂职工面貌焕然一新。我们非常喜欢穿这套工作服，并当作平常的服饰。半自动或全自动，代表着世界先进的纺织设备的安装投产，让工厂名声大振。而相应的现代企业管理，也自然应用到了我们厂的各个环节。劳动工资、生产计划、技术质量、产品工艺、设备物资、财务管理，以及制度化的各项规定，让整个企业运转严密，生机盎然，生产的棉纱、布匹供不应求。当一名光荣的纺织工人，成为八十年代最荣耀的工作。八〇届、八一届毕业的初、高中毕业生，分配择业的第一志愿填的是我们厂，八百多名十八九岁的初、高中生分配在各个岗位，整个工厂朝气蓬勃。年轻人进厂都有一年学徒期，往往学徒期满定级加工资，也是请客工友表示感谢的时候。那时不上饭店，买几斤大白兔奶糖，每人几颗就是心意的表达。偶尔小酌，也是约上三五好友、工友到家，让母亲烧上几道可口的菜。我们一帮男青年干的是技术活，每个师傅对我们都很严格。若是教了几次还不领会，就会骂上来。而我们也十分自觉地一有空就在一起钻研、探讨，怎样才能又快又好地掌握每一个技术环节。而挡车工都是女工干的工作，八〇届、八一届的女青年进厂后都分配在生产一线，她们每人负责着三四台机器，纺纱织布。我自己也弄不清是什么届，虽然初中毕业于七十年代中期，年龄却和八〇届相仿。

我最初跟的是巩师傅，他身材结实，一副老花眼镜架在鼻梁上，看人时透过眼镜上方盯着你，让人有点害怕。他曾技术援助去过巴基斯坦，回国时带回了一台收录机。这可是全厂或许是全县城第一台手提式收录机啊！车间领导让我跟巩师傅学技术时，巩师傅刚从国外回来不久。也就是说，在二十世纪七十年代末，巩师傅就拥有了当时绝对稀罕的这个舶来品收录机了。有一天休息，我去他家听音乐。他的家在四丈湾河对面那条叫上塘街的老街上。我被那只比杂志稍大的机器迷住了，里面播放出来的音乐直击我的灵魂。这是我出世以来从未听到过的音乐，优美的旋律环绕在巩师傅临河安静的平房小院里，那是一个多么美好的星期天啊。巩师傅告诉我，这些都是世界名曲，我从此迷上了音乐。在技术上，巩师傅非常严厉。我们保全工是安装、维修、保养纺纱机的工种，巩师傅担任着大队长，管理着近三十人，负责检查工作质量。一旦有差错，他会瞪着眼睛骂人，毫不留情。但被骂的人都服他。我和小刘是最年轻的，平时注重学习，非常钻研技术，所以，他对我们比较好。前几年秋天，我在古城那条叫上塘街的老街上闲逛，无意中透过一个小院的门缝，看到院内花木扶疏十分美好，便推门进去，见到一个和蔼可亲的老者，一愣间便认出竟然是巩师傅！一别三十年了，我从一个小青年变成老中年，他已经根本认不出我。当我喊他一声巩师傅，我就是平车队时跟你的小王啊！他这才认出我，热情地拉着我的手让我坐下，和我聊天。当年，我跟他工作一年多后，他就退休了，自此一别三十年。他住的三间平房没有奢华的家具，木质的桌子、柜子、椅子等，都使用了几十年了。他的院子有六七十平方米，种了几十盆菊花，开得红黄白紫，争艳斗奇。当他知道这里即将被开发为文化旅游街区时，便担心他的老屋和小院被拆除。我听着他的絮语，看着他如此眷恋着这个适合他养老的小院，却很难回答他。因为我知道在规划图内，他家的区域正好要造一座仿古石桥通向对岸。我只能在心里默默地祝愿，但愿不要毁掉了一个朴素的纺织退休工人最后的精神家园。

纺织厂的技术工种是比较吃香的，我们有时在小组队长的带领下，去乡下或外地为乡镇企业安装纺纱机。这也是国营大厂对新兴的乡镇企业的扶持。珍门棉纺厂是本地一家较具规模的企业，那年夏天，队长带着我们八九个人，去安装我们厂更新换代下来的机器，正常安装好一台机器需要三天。那时，我与小刘还是辅助，做些零件的锯、锉、磨、洗、扛等配合工作。一天下来，满身油污，汗水混杂。厂边有条叫盐铁塘的大河，我们都"扑通、扑通"跳到清澈的河里洗澡游泳，非常畅快，疲劳也消失了。晚上加班安装机器到半夜，外面下着大雨，我们深一脚浅一脚去找老镇上的旅馆。狭窄的街上，雨水来不及排走，路面像一条小河。我们赤着脚，一边蹚水一边寻找，这种情景至今难忘。

有年冬天，我们去江阴华士棉纺厂安装机器。天寒地冻，空荡荡的车间里冷得让人发抖，我们只有卖力干活才能驱寒。中午休息，见厂区一条小河结着冰，我就走上冰层，不料冰层开裂，一脚滑了出去，幸好被小刘一把拉住，才未掉入冰冷的河中。我们安装的是当时先进的1293K半自动纺纱机，我与小刘已经成为技术六人组成员，都独当一面。我负责纺纱机机肚传动主轴和锭带轮的安装，二十多米长的主轴，必须要用水平尺一节节量准在同一水平上，机器的传动才不会偏差，纺出的每一锭纱质量才好。乡镇企业工厂缺乏暖气，我们安装的难度较大。但当试车运转一切正常，纺出了第一锭纱时，我们都高兴得直拍手。

整个八十年代，我们纺织厂永远朝气蓬勃。老三届、七〇届、八〇届、八一届等进厂的工人，和老工人的关系十分融洽。厂里二千五百多位三十五岁以下的青年人，尽管物质条件远没有现在的好，干活也很累，但精神状态都很好。人生有方向，工作有干劲。而业余时间的学习和娱乐，也是丰富多彩的。买书借书、文化补习、交谊舞会、体育比赛……造就了八十年代青年人积极向上的精神风貌。直至今天我都在怀念那个年代，认为那是我们精神风貌最好的年代。

夜校与文学社

工人文化宫夜校,是二十世纪八十年代求知青年向往的地方。不少人都去县城的工人文化宫,报名参加夜校的各类文化补习。课程有语文、数学、英语、中文班等。我报名参加了1981年的中文专修班,每周三天晚上学习。从家里到文化宫,步行四五十分钟。一年后,参加了新开设的山西刊授大学(当时涌现的新事物,称为没有围墙、没有门槛的大学)辅导班学习。但后来国家不承认其学历,转而参加了自学考试。教《古代汉语》的是钱文辉老师,五十多岁,毕业于北京大学。他很认真地教我们,从范文到汉语语法、词根词义,一开始就让我这个初中毕业生如坠雾中。而相对听鲁德俊的《古典文学》容易理解。他讲唐诗、宋词、古代散文,动情处,手舞足蹈,神情飘然,增加了我们学习的兴趣,让人难忘。而赵平老师教的逻辑学,也是受益匪浅,严密了我们的思维。我直接去考汉语言文学专业,难度不是一般的大。整个八十年代的十年,我所有的业余时间基本都用在了学习、考试、读书、写作上了,由此养成了平时夜读的习惯。多少个夜晚,温馨的灯光下,我沉浸在汉语言文学和外国文学浩瀚的天地里,探寻着知识的宝藏。当全部通过了十门于我十分艰难的教程考试,拿到那本大红的、由南京师范大学与江苏省自学考试指导委员会联合颁发的毕业证书时,早已没有了激动和狂喜,我只是想好好地睡它几天几夜。后来我想,即使没有获取文凭，文化宫夜校的那些夜读生活，也让人受用一生。

各类兴趣小组也在这一时期大量出现，而文学社的成立，为纺织厂的企业文化注入了新的活力，也成为我们精神生活的重要部分。

一九八一年春天，苏州纺织品公司派驻我厂的一个叫顾祯祥的工作队员，召集了厂里几个文学爱好者商量成立文学兴趣小组，我也被叫去参加讨论。顾老师书生模样，戴着一副黑色框架近视眼镜，他要求我们兴趣小组为丰富工人业余生活多动脑筋，开展读书活动和文学创作。我们为兴趣小组起名叫"创作之友"，拟章程定目标，满腔热情地把文学当作了充实自己的精神圣地。好多个白天和夜晚，我和几个文友在他的宿舍，听他讲中国文学和外国文学，以及好多没有听到过的文学名著。他也给我们看他写的诗歌，并分析创作的意义。"创作之友"兴趣小组成立这一阶段，中国社会正掀起一股神圣的文学热。历经了"文革"的文化沙漠，人们争相阅读文学作品，文学创作成为人们仰慕的精神活动。我们的"创作之友"成立后，每周一次的作品交流与修改，成为创作的动力。那时，我已经调在常日班工作，有了大量的夜晚时间阅读和练笔创作。有几次，顾老师叫我带上习作到他的单人宿舍，指点修改我的那些十分幼稚的作品，让我获益良多。他十几平方米的宿舍里，堆满了书籍。他学识渊博，常与我们纵论古今，传授写作技巧，坚定了我们对文学的执着与痴迷。我们不停地阅读和练笔，厂图书馆时常有了我们的身影。读书活动、书评影评、漫谈交流，成为业余时间充实的生活。当厂区大道的那块数十米长的黑板报阵地上，刊出了我们的第一期文学专刊时，吸引了很多工人围观，反响热烈，坚定了大家文学创作的信心。

一九八三年的春天，我和文友在"创作之友"基础上，发起成立了"春舟文学社"。这是历经了"文革"常熟最早的三个文学社团之一，十几位工厂的文学爱好者加入了其中。我们组稿、刻钢板，油印出了《春之舟》文学刊物，一时间，成为工人中争相传阅的精神食粮。我们也被文学浓浓的氛围所包围着、激励着、鼓舞着，不断地写啊写，并走出工厂，和另外一家"希望文学社"横向交流，互相刊登作品。记得那次在人民公园，即现在虞山公园的茶聚，两个文学社团的近十位文友，在公园一角的屋檐下听着雨声，畅谈着创作的感想。一切是那么的纯净和美好……有天晚上，我与几个读夜校的同学从文化宫夜校出来，到一起读书的小屈家玩。突然看到他订的《苏州报》上有我的散文《米兰随记》，这是我发表的第一篇文章啊！我一下子跳了起来，兴奋得一夜没睡好，这更鼓励我不断地学习与创作。

我工资的大部分都用来买书了。新华书店有个瘦瘦长长戴着一副深度近视眼镜的老营业员，每次他见我进去，都要与我打招呼聊几句，并向我推荐书籍。每当重新出版的中外文学名著上柜，买书排起的长队从店堂到了街上。现在我书柜内的许多书籍，就是赶去排队买的。每当买到名著回家，真的像饥饿的人扑在了面包上……

我有个工友叫兆博，以前同是乙班的工人，他在我们车间的前道工序的前纺车间做机修工。他父亲毕业于民国时期的国立美院，后教书、画花鸟画，可惜六十年代就去世了。他母亲是一个知识女性，古典文学的基础相当扎实。休息天，我经常去他家听他母亲聊古代散文和唐诗宋词。戴着深度近视、像瓶底一样厚的眼镜的老太太，在朗读诗文时摇头晃脑自我陶醉的神情，伴随着中文的韵律美，让人陶醉。他家还有一台老式的电唱机，在一个下着春雨的星期天，我去县南街临街的二层小楼的他家听音乐。当唱片里《蓝色的多瑙河》响起，他家略带霉味的老房子也变得温馨亲切。我心头升腾起一股复杂的情感，舒缓的旋律回荡在我二十多岁生命的天庭。小天井滴着屋檐水，青砖上绿色的青苔泛着油油的光亮。

交谊舞与音乐茶座

在没有娱乐的年代，纺织工人的生活是枯燥的。上班的精力都集中在操作上，一到下班，就在厂里的浴室洗澡后回家。有每周一次的班组学习，大家围在一起读报，一版是重点。组长读完一篇，大家讨论一番。所有的娱乐，恐怕就是厂里的各种体育活动了，有拔河比赛、短跑接力、乒乓球、象棋、军棋四角大战等。这些活动，女工参与的少。

　　随着厂里条件好转，上三班的工人有了男女工分开住的宿舍。交谊舞在一些时髦的青年中悄悄流行，但还属于地下的东西。那个时候，工厂衡量职工的标准是看他是否本分，本分就是安分守己，老老实实。有一天，小谢和五六个青年男女中班下班后，在宿舍里学跳交谊舞，因半夜三更，怕影响别人及被人发现，他们没开灯。可能工作、跳舞累了，几个人混在一个宿舍里睡了。天亮后被人发现传到了厂部，于是，成为厂保卫科的大事！保卫科科长老刘是部队转业干部，据说原来级别很高，因为出了点什么事由县里安排到了厂里，负责我们这个县团级工厂的保卫工作。他一口北方口音，办事非常认真。好在小谢他们并非淫乱，也没有做什么。特别是几个女生，自此以后，一直让人觉得另类，她们变得沉默寡言，自己觉得抬不起头来。

　　进入八十年代后，社会环境宽松了，文化馆办起了交谊舞培训班。厂团委派了两对男女青年去参加培训，在车间常日班当保全工，并兼日班团支部书记的我是其中之一。我们参加的是县首届正规培训，当时有个颜港电影院，边上就是虞山镇文化馆的文艺中心。在二楼的一个厅，五十年代就是文艺骨干的主任老陆带头教我们怎样跳交谊舞。从姿势到男女间面对面站着，必须保持一拳的距离要求。"蓬嚓嚓、蓬嚓嚓……"他与舞伴一边示范，一边嘴里发出这种很有节奏的声音。我们跟着他学了起来。还有一个小李，教我们国标

（就是国际标准交谊舞）。修长的双腿趟出去幅度很大，起伏非常优雅。我们学会了跳三步、四步舞后，厂里马上组织了普及推广。那时，学跳舞的岂止是我们年轻人啊！厂部大楼的会议室太小了，就挑选已大致学会的人，到自己的车间里教。我们细纱车间的杨书记和陆主任带头学，这成了一段时间每天下班后的娱乐工作。棉纺织厂女工多，会跳舞的人也多了。随着改革开放，县里各级对外交往、交流增加，交谊舞也成为社交的方式。不断有部门与我们联系，邀请我们去教跳舞，于是，一些乡镇、机关就有了我们的身影……

一九八七年，我见团委办公室对面教育科的一个教室经常空着，就和教育科严科长商量，借给我们晚上做茶座使用。因为在三千多名职工中，三十五周岁以下的青年，有二千五百人左右。前纺、细纱、后纺、布机四个车间，每天住厂的人多，晚上缺乏休闲活动的场所。当时，整个城市还没有一家茶座与咖啡店，更没有舞厅。严科长同意了我的想法，我马上与几个青年设计布置，让青年中的电工与木工，用三层五夹板粘合起来，做成了两只立体声喇叭的大音箱，配上收录机与功放，十分震撼。我们把教室布置得简单又温馨，铺了湖蓝色台布的课桌，靠墙摆放，就成了卡座，中间的场地就成了一个小舞池。墙上装饰了活泼可爱的饰品，空中拉着彩带，我们起名叫"音乐茶座"。开放那天，涌来了许多住厂青年和从家里赶过来的职工。悠扬的背景音乐响起，大家品着三块钱一杯的雀巢咖啡和一块钱一杯的绿茶，享受着难得的美好时光，交流着各种各样的信息。舞曲响起时，大家相邀跳起了舞。由于男青年少，女青年多，大多都是女的和女的跳。这是纺织工人从六十年代以来，精神状态上的回归和放松。原来设想一周一次的音乐茶座，在大家的要求下，变成一天隔一天开放，后来又每天开放，团员青年轮流着做服务人员。

一时间，厂里的音乐茶座成了一个新生事物。各车间各班组都来包场了，有时厂部也来包场。座谈会、表彰会、娱乐活动等，收取的钱成为团委的活动经费。声誉传到了社会上，每当开放，吸引了许多人前来。市外贸系统特派人来参观学习，回去也装修了一个作为业务接待。厂部觉得这是增加职工凝聚力的大好事，便在职工食堂楼上，装修了一个七八百平方米的大舞厅，购买了灯光、音响、座椅，做了吧台，等等，设施齐全，音乐茶座从原来只有五六十平方米的教室搬迁了过去。企业里有这样的大手笔，十分少见。调试那天，灯光音响一开，音乐四起，镭射球旋转，彩灯闪烁，大家开心得直拍手！自此，职工的娱乐生活有了全新的改变，音乐茶座、舞会、卡拉OK、歌咏比赛，丰富多彩的业余生活，调整、改变了人们的精神状态，保障了企业的生产发展，增加了职工的凝聚力。

足球队与小乐队

　　足球队的成立，是工厂的一个重要举措。时值中国足球热，体育强国的梦想，同样激发着我们纺织工人。厂里有一帮身体强壮的男工下班后，自发地在厂区篮球场上练球，有几个还参加过体校的学习。有人向我提议，印染厂有个叫"小蜜枣"的李力明，踢球相当厉害，最好让厂部去调过来。于是，我去找劳资科钱科长。钱科长习惯地眨着他的小眼睛对我说，好是好的，但这个要与厂部商量。后来，工会也为此做了工作，厂里真的把"小蜜枣"调过来了，放在一个较空闲的工作岗位。足球队正式成立了，队员都是各车间抽调的实力男，队长马马是织布车间的机修工，身体结实得有些臃肿，上班时屁股后头常挂着一个帆布工具袋，里面插满了各种修理机器的工具。但一上球场，却十分强悍。厂工会给队员配备了球衣、球鞋等，厂部还给了一定的训练时间。虞山脚下的体育场，是开展训练的好地方。那时的体育场是开放式的，与青青虞山融为一体。我虽然不会踢足球，但喜欢看他们踢。每次训练，"小蜜枣"灵活得真的像一粒滚动在地上的蜜枣，东奔西突，脚下生辉，一只足球被他玩转得魔术一样。后来，"国棉足球队"不负众望，屡次在纺工杯和市级比赛中摘得桂冠。而每次比赛，我们都要拉上一帮人，去给他们鼓劲，做啦啦队。

一九八〇、一九八一年进厂的青年职工，有许多文艺人才。为丰富活跃职工的文化生活，厂工会购买了一套小乐队的设备，有爵士鼓、电子琴、电吉他、电贝斯、萨克斯等。与团委一起组建了一个轻音乐队，并把日常的训练、演出工作交给了团委。这下热闹了！厂部那个近千人的大礼堂舞台上，摆开了乐器的阵势，煞是壮观。每天工余业余时间练习的声音不绝，马维的打击乐"咚咚咚咚咚咚锵"让人十分振奋。而英俊的伟国，肩扛一把白色的电贝斯，未曾拨弄就让人倾慕。那个从大庆油田文工团调到厂工会俱乐部的上海知青吴丹石，是弹琵琶的高手。她弹奏时的沉醉，会感染着我们领略"大珠小珠落玉盘""未成曲调先有情"的意境。胖胖的阿归，吹起萨克斯的状态，俨然是一个正规乐队的台柱。幼师毕业的小邵，弹奏的电子琴主旋律，是整个乐队的灵魂。这是全市企业中第一支轻音乐队，有了它，厂里的文艺气象上了一个大的台阶。每年的演出不断，大型的舞会上，也有了伴奏的身影。而此时的常熟城，还没有一个较具规模的舞厅，更没有一个西洋乐队呢。我们的小乐队，可是出足过风头的。城乡青年联谊，去过淼泉镇，在淼泉的大礼堂，唱响在希望的田野上；还应邀去了周行镇，与周行的父老乡亲、青年们一起歌唱祖国。

记得有次去沙家浜镇联欢，路太窄，装载乐器的汽车开不到礼堂附近，镇里派来了一条水泥船，连人带乐器一起摆渡到河塘对面的礼堂。站在船头四望，宽阔的河塘周围，河网交错，阡陌田畴，村舍散落。船过处，一群鸭子掠着水面扑向前方。这样的情景，让我们不少生长在城里的人倍感新鲜。岸边的礼堂年代有些久远，斑驳的墙壁在周围绿色的庄稼映衬下，显得十分静气。上岸后，大家把音响、灯光设备、架子鼓、电子琴等搬进礼堂舞台上，我们不觉得这礼堂陈旧，反而感到朴实，有着泥土的亲切……

常熟市第三届文化艺术节即将闭幕了，主办方来到我们棉纺织厂，提出闭幕式要放在我们的俱乐部大礼堂举行，并要求我们的乐队为节目伴奏。厂部把这个任务交给了工会和我们团委。拿到节目单曲谱，乐队每天工余、业余时间合练了一个月，最后几天全脱产合练。演出那天，市里有名的歌手全来了，我们厂也献上了拿手节目几十人的男女声大合唱。合唱指挥张老师是供应科的一个职工，他是厂里的人才。每逢大合唱，都是他身穿笔挺的西服，面对合唱队伍和乐队指挥，就像电视里看到的指挥家陈燮阳、李德伦一样有风度。后来，他参加自学考试考上了律师，成了厂里的专职律师。艺术节闭幕式获得了成功，国棉厂的乐队声名远扬。后来，萨克斯手阿归，被现在的常熟理工学院前身常熟高专调去，成为音乐系的老师，他也是本市最早的钢琴调音师，还开了第一家钢琴专卖店。电贝斯手伟国调到了外贸部门，如今是一个集团公司的董事长。

青工赛

进入八十年代中期，我们的工厂团结向上，风正气清。企业的效益也飞速增长，实行了"四班三运转"的劳动模式。也就是上三班的工人有四个班，每个班两天早班、两天中班、两天夜班、两天休息，降低了工人的劳动强度。在我七十年代末进厂的时候，厂工会就已经在每年五月组织劳动比赛，它就像一个集中大练武，各个工种、各个岗位，比出名次。在车间工作的七年时间里，我也参加过三班时的摆筒管比赛，日班做保全工时的锯、锉圆铁赛，及平车队团体操作技术赛等。而女工的操作比赛不分年龄，值车工一起参赛。针对青年工人多的特点，我向厂部建议由团委负责，每年秋季，在四大主要纺织车间，组织举行青工操作比赛，马上得到了厂党委和厂长们的支持。特别是生产副厂长周本义，亲自担任总顾问，各车间主任担任顾问，全国劳模倪月琴担任技术总测定。厂团委召集参赛车间团总支、团支部动员大会开过后，各级落实发动，在四大车间十六个班，近两千名三十五周岁以下青年职工中，引起了强烈的反响，掀起了一股学技术、练本领，比学赶帮超的热潮。比赛期间，各车间的宣传阵地充分发挥作用，形成了浓浓的宣传氛围。挡车工的车头上，挂着竞赛的标识，各车间的室内黑板报，报道着赛事。拉在车间内的大红横幅，写着让人振奋的鼓劲文字。参赛女工来回地穿梭在车弄内，灵巧的身影，敏捷的动作，和紧跟在她们身后、手里拿着记录本的测定员一起，形成了一幅劳动的美景，平凡又非凡。经过跨度近一个月的初赛、预赛、决赛，四十多名青工获得了名次，在隆重的颁奖仪式上，总测定倪月琴评述了参赛选手的成绩表现，指出了不足。一口浓重四川口音的周厂长，强调了企业的发展与职工的命运是连在一起的，希望大家关心企业、多学本领、多做贡献，并宣布厂部奖励比赛的优胜者外出旅游。话音刚落，掌声四起。这可是在二十世纪八十年代末九十年代初啊，那时，旅游可是一件非常稀罕又奢侈的事。记得有次和他们一起去黄山，山下的天气还行，住的温泉酒店门前有条山沟，怪石嶙峋。山水奔腾跌宕而下，水雾缭绕。人在溪内嬉水，远远望去犹入仙境。纺织青年第一次这么远游，纷纷陶醉在名山大川的风光里。山上的住宿是山坳里的木屋，虽然简单也很满足。建房材料都是挑山工一担担挑上来的，所以也倍觉温馨。半夜，外面下起了大雨，回荡在山中的声音很大。早上起来一看，白天走过的桥被冲走了，四溢的流水跌下了深谷。三十多里的山路，我们是在暴雨中踏着漫溢着流水的石级走过的，二三十米的能见度，什么猴子观海、梦笔生花、天都峰莲花峰，风景都藏到了雨雾深处，全没看到。但大家心情依然是快乐的。后来，我每次去黄山，都会想起曾经共事，一起度过美好青春的纺织厂的战友们……

每年一次的青工技术操作比赛，成为工厂青年工人中的一件大事，年轻人学技术钻业务成了常态性的风气。不少家在农村的青工，在青工赛上脱颖而出，成了先进生产工作者，厂里把她们列为重点培养对象。有的成为市里的新长征突击手和市、省的劳动模范。

保健站，广仁医院

　　保健站就是厂的医务室，但比医务室要大、全面。最初它坐落在厂的红砖围墙外的四丈湾老街上，临河的房子有好几进。医生大都是正规医学院毕业的，有内科、妇科、外科等，也有药房、治疗室。总的有十多名医务人员。我刚进厂的时候，因为年轻体质好，极少进去看病。只因在平车队一个组的小刘，才对保健站有了一些了解。

　　小刘的母亲和姐姐都是保健站的医生。其实，我很早就认识小刘一家了。那时，我在同一条老街四丈湾永济桥塄的供销社回收站工作了近三年，小刘一家住在隔壁不远，平时经常在一起玩。所以，进厂后偶尔有点伤风咳嗽什么的，就找他母亲或姐姐配点药。由于厂里的规定，职工生了病，必须先要在保健站看病，如果保健站看不了，才能凭开的条子去外面规定的医院看。而职工在外面医院看了病，需要病假休息，必须要通过保健站核实后，开具病假证明，车间班组才认可，才能作病休。因此，保健站在工人心目中的地位相当高。在车间上三班的时候，常听到一些关于女工与保健站的议论。纺织厂女工多，女人生理上的事情也多，时不时就要去保健站找医生看病，甚至开病假单。于是，看妇科的戴医生，成为女工心目中的神圣。

随着工厂的扩大，地处四丈湾老街上的保健站，显然不能满足现状。于是，厂部在元和路新大门附近，建造了一座较为气派的大楼，命名为"广仁医院"。内设各类专科，设施完备。从保健站到广仁医院，大家觉得是自然而然的事情。因为，在我们的心目中，厂里医生的水平都是很高的，我们都没有去医院的习惯。我离开工厂后，难得去医院，并时有什么不舒服，还是去厂里广仁医院看。真正与市里的医院打交道，也是直到前两年我父母相继住院的时候。但我一直记着戴医生、袁医生、伍医生、陆医生、周医生、刘医生等。不是因为我，而是他们为几代纺织人的健康做出的贡献。

有一年，妻得了阑尾炎，薛医生为她看了以后说必须开刀。她问我去一院还是在厂里开。我问，厂里有把握吗？她说，薛医生说小刀没问题。我说那就在厂里开吧！于是，薛医生为她开了刀，手术顺利，一切很好。有时我想，信任是人与人之间最重要的基石。人一旦失去了信任，一切就无从说起了。

再次说起广仁医院，是因为原中医院的蒋院长。那年，广仁医院承包给了一院的一个医生，蒋院长是牵线搭桥的顾问，也是一个作家。医院开年会时，邀请我一起参加。我在那里见到了几个认识的、大医院退下来的医生。顿时觉得，广仁医院在市场经济的发展中，已经伸出了有力的触角。后来，我父亲装假牙也去了广仁医院。

其实，一家医院并不是规模有多大就好，关键在于它的医资力量和服务质量。因为广仁医院与棉纺织厂有着千丝万缕的关系，我也就觉得永远是那么亲近。

洗毛厂·农副产品基地·年夜饭

八十年代初，厂里和附近的元和村要合办洗毛厂，厂部抽调了一个车间副主任去担任厂长，并另外派了几个销售人员，元和村也安排一个领导兼副厂长，厂建在村西南的行早桥塊。这种新颖的合作方式，就像现在的"一带一路"，把国营企业成熟的管理经验，带到新兴的乡镇企业，合作发展。同时，作为传统的纺织企业，也可以走出一条全新的拓展之路。洗毛厂的羊毛原材料，都是从新疆、内蒙古采购的，洗净加工整理后，卖给本市的毛纺织企业。在二十世纪八十年代到九十年代的二十年间，常熟的轻纺业非常发达，以此延伸出的加工业，集体和私人的作坊众多。特别是在地处常熟高乡的碧溪镇和邻近的浒浦镇、东张镇，几乎村村都有家庭的织机在整日地响着，织着羊毛衫，从而形成了一个规模很大、影响全国的碧溪羊毛衫市场，走出了一条享誉全国的共同发展、全民致富的"碧溪之路"。为此，厂里决定与村里合作，走新型共同发展的道路。一时间，洗毛厂的生意十分红火，不大的工厂，装货卸货的车辆进进出出，非常热闹。

但是，不知道什么原因，洗毛厂一直没有什么效益。厂长老陆五十多岁，为人憨厚老实。但国营厂的一些规章制度用到洗毛厂，并没有起到作用，管理也无法进入正规模式。村级管理人员的自由散漫和随意性，老陆无法统领。巨大的利益链，让一些人有机可趁钻空子。企业办了几年后，洗毛厂最终还是关了门。老陆回来继续做车间副主任。而一些发了财的人，有的去另外开了洗毛厂，有的继续做原来的销售，发财。其实，当初已经有了初级的市场机制，但企业并未实行承包责任制。投资方对各级责任人没有制约的手段，失败也是必然的。

在我们厂的西南角，有一大片预留的空地，大约有几十亩。当时的厂长王钧达，决定把它变成厂里的农副产品基地。厂部通过了方案后，成立了生产组，建立了养猪、养鸡场。开垦的田里种了大批的蔬菜，竹篱笆围着，常年绿油油的一片，成为厂区内的一道风景。工人午休或工余时间，都喜欢到那里走走，空气清新，心旷神怡。蔬菜、猪肉供应食堂，降低了企业的成本。厂里给三千多职工每年分期分批发一只鸡，轰动了常熟城，都说国棉厂经常在发鸡。现在，鸡肉是寻常百姓家想吃就可以去买的。但八十年代的市场，鸡肉还是比较稀少的滋补食物，百姓家里要到了逢年过节，才能好不容易买一只鸡吃。

从那时开始，每年春节前，厂部要请全体职工吃年夜饭，大食堂二楼，几十桌要连续开宴十天，简直像办喜事一样热闹非凡。工厂各级领导和科室人员轮流给职工敬酒，感谢他们为企业做出的贡献。干群之间，缩短了距离。这个时候，有些工作表现不怎样的工人，也会感动于其乐融融的场面，主动向班组长、车间领导甚至厂领导敬酒，表达自己的努力。而为职工聚餐服务的工作人员，都是科室职能部门的人。在厂里工作时，我的酒量极差。和厂领导一起敬酒，每桌还会被职工拉着互敬。开头老老实实地抿一口，但几十桌下来，脸早就红得像关公，走路脚下发飘了。后来，食堂的周阿姨对我说，你呀真老实！有人酒瓶里灌的是凉开水，所以吃不醉。第二次再轮到我跟厂领导敬酒敬得差不多时，周阿姨偷偷递给我半瓶"白酒"蒙混着。酒虽假，但是感情是真的。多年以后，我自己做老板了，每年与员工都要吃年夜饭。有时他们去唱歌，也去玩一会。虽然是吃顿饭，但它是人与人之间交流情感、增加企业凝聚力的一种形式。

"回娘家"

二〇一〇年十月，已经改制了十五年的常熟棉纺织有限责任公司，举办了一次建厂六十多年来，可能是唯一一次的"情系国棉"回娘家活动。邀请了四十多位从厂里调出去，在各个岗位工作的老国棉人"回娘家"，我有幸应邀参加。其时，我已经调离工厂十八年。回厂的那天是星期六，秋天的阳光洒在空旷而显得破落的厂区大道上，树影斑驳。这是我工作了十五年的工厂啊！我人生最美好的年华都是在这里度过的，一切是那么熟悉和亲切。厂领导带我们参观了厂区、车间。其实，几十年来没有改变的工厂面貌，给我的人生印记太深太深了。轰鸣的机器声，纺织女工穿梭往返在车弄里的身影，还有那些依然色彩斑斓的黑板报阵地等，无不让我回到了青年时代无悔的纺织生活。我既为这熟悉的场景而激动，又为我离开工厂十八年，工厂面貌没有改变而感慨。企业改制以后，习惯了国有企业计划经济的纺织人，在市场经济的大环境中，矛盾过、徘徊过、彷徨过。纺织市场艰难，企业效益不好，设备更新困难。退休职工越来越多，本地青年不再愿意进入纺织企业，他们有了更多的择业方向。而招工的外来务工人员，也难于安心工作。企业就像一条船，一直在风口浪尖上颠簸前行。而势在必得的房地产商，早已盯上了四丈湾176号的百亩地块，企业无奈地做出了选择，即将搬迁到很远的东北角乡下一个镇的开发区，缩小规模，另行建厂。因此，这次"回娘家"，大家多少带着一些悲凉。我想再去看看我工作过的车间、做保全工时休息的油房间，去看看还坚守在岗位上的工友们，便趁离座谈会还有一段时间，拿起相机，单独去了刚进厂时工作过七年的细纱车间。也就是说，我的十七周岁到二十四周岁是在这个全厂最大的车间度过的。那时，我们的车间六百多工人中，大约有一多半年龄和我相仿的年轻人。一百二十多台纺纱机的轰鸣声，讲话要凑到耳朵边大声说话才能听见。都说纺织女工嗓门大，甚至退休了依然像高音喇叭，这是多年的工作环境养成的习惯。我从楼上的那排长长的油房间（维修机器的技工休息及工作准备的地方），辨认出最后的那两间就是我待过五年多的地方。在那里，工余时青年男女的欢笑声，劳动后的歌声，仿佛又伴着那特有的机油味向我飘来。二十世纪八十年代的氛围让人怀念，我们厂里的年轻人，初、高中毕业后就直接参加了工作，工作的第一志愿选择的是我们棉纺织厂。大家学技术、比干劲、争先进，积极向上，心中一片光明。

在几千平方米大车间的那台 A512 纺纱机旁，我停住了脚步。那一年，我正钻在它的车肚下安装着零件，机器声里听到有人在喊我的名字，爬出来一看是厂部宣传科的黄科长。她告诉我，厂部决定把我调到宣传科工作。我不敢相信自己的耳朵，是否听错了。因为，我从来都没想到会调到那想都不敢想的部门。黄科长又大声重复了一遍说，你写写弄弄来事，厂部就决定把你调过来了！人生的命运，就这样不经意地改变了。几位熟悉的女工走过来与我打招呼，多年不见，虽然岁月无情地在各自的脸上留下了烙印，但彼此还是认出了对方。大家一见如故，大声地喊着名字。她们见我拿着相机，便围上来合影。此时此刻，又一次让我感受到了人与人之间的那份简单的美好。那个当年的新长征突击手和操作能手汪雪玲笑着走过来，十八年不见，还是那么精神、阳光。她曾经是我们二十三个团支部的书记之一，如今，人到中年的她,依然在生产第一线工作着。二十世纪五十年代以来,我们纺织厂涌现过多名全国操作能手、省劳模、市劳模、市新长征突击手。纺织女工当了劳模、先进,往往是整个工厂的荣耀,她们也成为全厂宣传学习的标兵,但许多依然工作在生产一线,平凡地工作到退休。我在汪雪玲和她姐妹们的笑容里,看到了人生的平淡、安宁。

座谈会上,公司董事长黄永平介绍了改制后十多年来工厂的生产经营情况。苏南纺织行业遇到的困难,同样出现在我们的纺织厂,这让企业的老板们显得迷茫和无助。企业改制后,政府断了奶,从计划经济转向市场经济自寻出路。这个原来的中型企业、全市最大的工厂,很难适应市场经济的转变。企业除了抓生产管理,还得开拓市场寻找销路。销售科的人员增加了,但传统的观念意识,和新的市场机制常常冲突,让人难以适应。工厂日夜生产的优质棉纱、棉布,都因无法打开销路而积压……董事长告诉我们,一年后,工厂将要搬到乡下去了,它的地块由政府拍卖给房产商开发房地产。我听后问,那为什么厂搬迁后不自己搞房地产呢?他们说,市里没打算让他们自己搞。我不想去弄明白土地流转交易的原委,以及房地产商巨大的利益链。我只是想,不管是国有还是私营,工业企业是城市经济增长的主要组成部分,它的健康发展,不只是企业单方面的事情。人们怀念以前企业兴盛时的美好时光,怀念着八十年代、九十年代的棉纱棉布供不应求、买家排队等候的景象,怀念从前企业一旦遇到了困难，政府部门会一起帮助解决。

在那幢曾经的职工之家大楼，我一个人静静地感受着往日的气息。图书馆的门开着，但只有一个管理员在。书都很残旧了，落满了灰尘。因为是休息日，工会等办公室的门关着。那间我待过八年的团委办公室，不知派了什么用场，窗户被纸糊着。而对门那间曾被我们用教室改作的"音乐茶座"，沉在了时光深处。三楼那个千人大会堂，座位拆除，地坪平整了。高高的灯光舞台也被拆去，偌大的空间租给外人成了一个加工场。我眼前晃动着昔日的热闹场景，职代会、团代会的庄严，职工业余轻音乐队的欢庆，青年歌手的倾情，工人歌咏比赛的气势……也想起八十年代，我曾经带着青年去太仓利泰纺织厂，参加苏州纺织企业青歌赛的盛景。我还想起了曾经在苏州地区纺织行业老大苏纶纺织厂进行交流联谊的情景。运河边上的那些建于清代的老厂房，和各个时期新建的厂房熠熠生辉。但是，它的机器声，已被二十一世纪的推土机、挖掘机的轰鸣声取代。这家由张之洞创办于清光绪二十一年（1895年），在中国近代史上占有重要地位的老牌企业，也终于轰然倒下。

时至今日，我一直保存着那天在四丈湾176号，我们棉纺织厂拆迁前所拍的照片。四大本影集，常常让我作时空的回忆。其中，有两张照片一直留住了我的目光，一张是返厂人员和厂管理层的合影，一张是在车间我和几个纺织女工的留念。

最后的歌声

原本流淌着生命气息的四丈湾老街,已在时光的沉寂中变得不伦不类。几乎占据半条街的老厂房烟消云散,所有的工厂建筑被拆除后,建造的一幢幢商品房早已销售一空。伸向河道中的水泥码头,倾斜残破,一如整条街上的气息。仅剩的那个176号大门,只是一个空壳,孤零零地紧闭着,它的开与关,已无关纺织厂儿女们的欢欣。我无法进入这个对外封闭的场所,以对一个曾经辉煌兴盛、留下我无限美好回忆企业的祭奠。我只能站在它的外面,望着与老街整个环境极不协调的大片建筑和街景,感到一种落寞与惆怅。这个地处古城历史文化片区的地块,即使搞房地产,为什么不设计得与历史文化名城相结合的建筑风格呢?对一个城市的保护与破坏,在于人的精神分界、情怀的拥有。我甚至觉得,有的人对这个城市的情感及爱,还远远不如一个纺织工人!

工厂搬迁到乡镇开发区后的一天,我去探望了我的母厂。它已剩六百多工人,相当于我们原来的细纱车间工人的规模。一亿七千万的搬迁补偿费,对于一个具有七十年历史、曾经有过三千多工人的中型企业来说,要花的钱太多了!建设新厂、搬迁设备、安置人员,等等,不久钱就花光了。搬迁没有让工厂增加效益、减轻负担,反而劳民伤财,失去了所处的黄金地块,让工厂走向了万劫不复的境地。我没有惊动厂领导,找了个曾经的同事带我参观。工厂的规模缩小了,厂房也没有以前的气派了。但从纺部到织部，机器都是最先进的，它们都产自德国、瑞士、比利时和日本等国。在细纱车间，我停留了较长的时间。已经很少有熟悉的女工了，纺织工人如今变成很难招的工种。现在的工人大都来自本省，或外省边远贫困地区。社会的发展使择业有了更多的挑选，较为艰苦的纺织工作，早已不再受到城市以及生活条件较好地区年轻人的选择。搬迁到乡下的棉纺织厂，四周没有商业，没有街道，没有娱乐，只有一家连着一家的厂房。外来的工人下班后，如果要去镇上的街头走走，大约要四十分钟。从三千多人到六百多人，我们的棉纺织厂在社会变革中，历经着痛苦、迷茫、奋斗、坚持。它像一条孤独的船，经受着市场经济海浪的撞击。它面对时代的裂变，显得力不从心、孤独无助。现在，就在二〇一九年十二月二十五日，随着转运着的最后一个车间——布机车间热闹的机器声戛然而止，常熟棉纺织有限责任公司，最终停止了它从一九四五年五月以来的生产使命，进入卖掉机器设备，对外厂房招租。它从一个生产者，变成了一个服务者。我们知道，这是棉纺织人迷茫和光明交替的探索，是无奈中寻找的永生。

当苏南曾经辉煌的国有纺织企业，在从计划经济向市场经济转变后，为什么基本都纷纷倒下了？在常熟，曾经是这个城市骄傲的纺织工业，却一直在风雨飘摇中生存困难，最后纷纷停机，卖掉了机器设备，改为厂房出租。曾一度异军突起的新的私营纺织企业，也在一轮轮的市场洗牌中，不是因为借贷资金断链，就是因为经营失败而倒闭。

世界每天飞速的变化，改变着我们的生活。互联网、移动互联网让我们不再封闭，我们看世界以及感受世界的触觉和味觉，也是在光的速度下变得更加敏锐。回望苏南传统纺织业的衰微，正是顺应了适者生存这个规律。残酷的市场经济大浪淘沙，市场调节着结构，新兴的工业门类，二十多年来像雨后春笋般地耸立在江南秀丽的大地上。我所生活的这个江南古城，经济发展一直名列在中国县域经济的前五位。纺织行业的终端业服装业，更是百舸争流、兴旺发达，并打响出许多全国乃至世界的品牌，所谓衣被天下！那名列全国首位、有四五平方公里的中国服装城，享誉五湖四海。几十年来，集散的服装服饰辐射到世界各地。如今，它在互联网、移动互联网的引领下，也在华丽转身前行。"沉舟侧畔千帆过，病树前头万木春。"我那搬迁到乡野，最终停止了运转的棉纺织厂，是否在时光深处疗着遍体疮伤，等待着一朝的苏醒？而那些曾经的纺织厂的儿女们，相信你们也一定和我一样，为她歌哭和歌笑。即使如今，她的每一个心跳，都会引起我们心灵的振幅……

后记

本书是我近十年来的大散文结集,大多发表在《钟山》杂志。这是我对家乡常熟的历史文化、人物事件的挖掘和文学性梳理。国家历史文化名城常熟,是吴文化的重要发祥地,早在5500年前,就出现了先人的身影。在发现的崧泽文化遗址上,出土了许多的石器、陶器,以及雕刻精美的玉器。区域内发现的近二十处良渚文化遗址,以及大量的出土文物,印证了长三角核心地区的文化发展脉络。而商末泰伯、仲雍奔吴,开启了江南发展的新时代,从此,吴越春秋荡涤千年。自唐宋元明清,乃至民国、当代,常熟烟云供养,文脉悠长。透过历史的长河回望,常熟所占据的文化地位是数千年来积累形成的。从张旭到黄公望,从钱谦益到曾孟朴、杨云史……从虞山诗派、虞山画派、虞山琴派,乃至虞山印派,都离不开脚下的这块土地的恩赐。

在当代中国县域经济的发展中,常熟能够二十年保持领先地位，也是其深厚的文化底蕴支撑所致。所有的这些，都给了我创作的源泉！撰写历史文化散文，来不得半点虚假。每一篇创作的过程，就是我阅读、吸收、消化的过程。我从来没有把写作当作任务，它只是我灵魂的感召，是与古人的神会，是现实与过去碰撞中产生的火花。我期望能够通过我的视角，让读者可以了解一个文化常熟所带给你的长度和宽度、光明与遥想，以希冀这个城市更加美好！

我将继续为它歌唱。

创作过程中，阅读参考了大量的书籍史料，因此，创作的过程也是我获得更新更多知识的过程。在此，对提供书目的作者，以及为本书出版的编审老师、出版社等一并表示感谢！